私のものではない国で

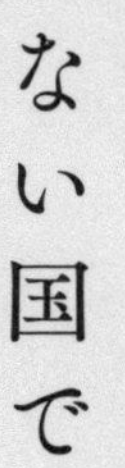

温又柔

Wen Yuju

中央公論新社

著者、4歳のとき

目次

1. 〈日本語〉は私のものでもある

日本語がお上手ですね？ 11
中国語だったかもしれない 13
台湾人ごっこ 15
それって、何語なの？ 18
親切な人びとの国 21
新住民 23
母の「海外」暮らし 25
ひらがなの宛先 28
母たちのお喋り 30
パオパオを待ちながら 31

全家福　33
ガッコウとちがって　35
正しくありたいことの罠　37
友だちができなくても　39
処世術　42
世界への入り口　44
「国語」を、疑え　47
ふたつの「世界」　51
はい、私も日本人です。　53
ユニークな境遇　55
私はネイティブ　57
悪い癖　59
私たちは自由だ　61
私のものではない国で　64
どっちなの？　66
おかえりなさい　69
私も日本人　71

2.〈縛り〉をほどく対話

対談　私たちを縛る〝普通〟からの解放　後藤正文×温又柔　77
対談　個人でいさせてほしい　田中宝紀×温又柔　89
対談　私の言語を探して　イギル・ボラ×温又柔　99

3. 読み、詠い、祈るものたち

私たちを隔てる線　――『愛の不時着』について　121
茉莉花の祈り　――映画『タレンタイム～優しい歌』について　125
私と台湾ニューシネマ　129
ニホンゴデキン、も台湾人　――『誰の日本時代』洪郁如　142
「日本人」の条件　144

台湾文学、乾杯！　――「戦士、乾杯！」黄春明　148
大河の一滴として　――『戦後文学を問う　その体験と理念』川村湊　154
何語にもならない感覚の記憶を書く　――『模範郷』リービ英雄　156
私はよい外国人？
――『よい移民　現代イギリスを生きる21人の物語』ニケシュ・シュクラ　163
「不自由さ」のなかで書くこと　――李良枝没後三〇年に寄せて　168
小説という可能性　――『小説禁止令に賛同する』いとうせいこう　182
わたしが、欲しかったのは……　――トニ・モリスンについて　190
もっと複雑な彩りを
――『彼女の体とその他の断片』カルメン・マリア・マチャド　195
ひとつの場所にふたつの世界がある
――『サブリナとコリーナ』カリ・ファハルド＝アンスタイン　198
「大人の都合」を、うのみにしない
――『わたしに無害なひと』チェ・ウニョン　201
「カズオ・イシグロ」とカタカナで書く言語の中に住みついて　203

4. 〈中心〉とはどこか

国と国の際で　――「中国旅行ノート」貴州編　211
やわらかな「棘」と、「正しさ」の震え　230
ウイルスよりも憂鬱　237
鼎談　個人史を解き、歴史を紡いで　小竹由美子×藤井光×温又柔　242
躓きの記憶　261

装画刺繡　annas
写真　著者提供
装幀　鈴木久美

私のものではない国で

1.

〈日本語〉は私のものでもある

日本語がお上手ですね？

もう、四十年近く日本に住んでいる。日本以外の国で暮らしたのは、台湾にいたゼロ歳から三歳の時期だけだ。二十九歳のとき、小説家としてデビューした。小説は、日本語で書いた。理由は簡単。それでしか書けなかったからだ。

たとえば、中学の頃からずっと学んできたはずの英語。あるいは、大学在学中に第二外国語として履修していた中国語。

私に多少できる外国語があるとすればこの二つぐらいしかないのだが、小説に限らず、このどちらかで何かを書く必要に迫られたら、たちまち緊張する。

たとえ多くの時間を費やしてどうにか取り組んだとしても、その文章の出来は、まったく同じことを私が日本語で書いたときの文章の水準を上回ることは難しいだろう。

ところが日本語でなら、私は、書くという行為を難なく始められる。書くことの中へと即座に自分を放り込める。物心がついた頃からそうだった。私が自分の使っている日本語を疑わない限り、私と日本語の関係は非常に安定している。

思えば私は、小学校ではじめてひらがなを覚えて以来、書くことと読むことを重ねるうちに日本語と一体化していった。日本語は、私にとっての言葉そのものとなって、ある時期までは、自分が日々使っているこの言葉が日本語なのだとはまるで意識していなかったぐらいなのだ。

おそらく、日本で生まれ育った人の大多数は、私と同じような関係を日本語と結んでいる人が多いと思う。

複数の外国語を巧みに操れる人もいるけれど、私の知る限り、ほとんどの日本人は、他のどんな言語よりも日本語が最も得意だ。その意味では、日本人が日本語をペラペラと喋(しゃべ)っていても、たいていの人は、驚かない。日本人は日本語を喋るのがあたりまえなのだから、と。

だからこそ、ふつうは、日本人がべつの日本人にむかって、

「あなたは日本語がお上手ですね」

などと褒めるようなことはめったにない。

日本人が、他の人の話す日本語に対して「上手だなあ」と感心することがあるのだとしたら、それは相手が外国人であるときが圧倒的に多いだろう。自分（たち）とちがって、生まれたときからずっと日本語を使っていたわけではなさそうな人が、流暢な日本語を使う姿をまのあたりにすると、すごいなあ、とか、一生懸命勉強したんだろうな、と感じて、日本語が上手ですね、とつい言いたくなる日本人の気持ちが私にはよくわかる。実際に、とりわけ日本にいる外国人には日本語を上手に話す人たちが大勢いる。私も、そういう人と友だちになったときは羨望の眼差しをむけてしまう。子どもの頃から読んだり書いたりしてきた言葉とはまったく異なる言語を、おとなになってから出会って、学んで、こんなにもすらすらと使いこなしているなんて、と。私には、とてもできなかった。

そうであるからこそ、「あなたは日本語が上手なんですね」と初対面の人に褒められるたびに私は、

こそばゆいような、気まずいような心境になって、つい、いいえ、褒められるほどのものではございません、こんな名前ではありますが私も日本人のようなものですので、とおどけたくなる。あるいは、日本語は私みたいなものの言葉でもあるんですからね、と主張したくなる。

中国語だったかもしれない

私は、中国語ができる人なのだと思われることが多い。それも、日本語のほかに、中国語〝も〟できる、というのではなく、そもそも中国語のほうが「母国語」なのだろうな、と思われる。自分でもわかっている。こんな名前をしていれば、ふつうは、中国語が流暢そうなものだ。しかし私は、この名前が与える印象ほどには中国語ができない。これはもう断言できる。

ただし、私には、中国語のほうが得意だった時期も、あるにはある。

まさに人生の幕が開いたばかりの頃のことだ。

日本語とか中国語とか言う以前に、ヒトの言葉らしいものをまだまともには操れず、喃語（なんご）という、ある意味では世界共通の言語で、世界を這（は）いずり回っていた私を見守り、世話をし、声をかけてくれる人たちのほとんど全員が、中国語を流暢に話せる人たちだった。やがて、アーアー、ウーウー、と唸（うな）るだけでなく、あれがしたい、これはしたくない、あれを欲しい、これはいらない、とヒトらしい主張をするようになった小さな私も、中国語を喋るようになった。

たぶん、あのまま生まれた台湾に住んでいたのなら、七歳を迎える年の秋に私は本格的に中国語で生きる道を突き進んだはずだ。秋、というのは台湾では子どもたちが進学や進級する九月である。

しかし私はその年の桜が満開の季節に小学一年生になっていた。

父の仕事の都合で両親に連れられて、東京で暮らし始めて約三年半が経つ頃である。

私は幼稚園も自宅から徒歩圏内のところに通ったのだけれど、そこでは、日本語しか通じなかった。あれがしたい、これはしたくない、と中国語でなら主張できるのに、幼稚園にいるときの私は、自分の感じていることや思っていること、考えたことをすべて、日本語に〝翻訳〟する必要に迫られた。そうしないと、確かにあるはずの自分の気持ちや意思が何一つなかったこととしてみなされるのだ。たどたどしい日本語をなんとか紡ごうとする私にむかって、誰もまだ、日本語が上手だね、とは言ってくれなかった。中国語とか喋れるの？　とも訊(たず)ねられなかった。その頃の私は、ほかの人たちが私の名前から連想するとおりに、中国語のほうが得意だった。

ところが小学校に入った頃から、私の「母国語」候補の言語の関係は急激に逆転し始める。中国語が私の中から徐々に遠のいていったのだ。何しろ、一日中、日本語の洪水の中にいる。それも、ただ、聞いて、喋るだけではない。それを読み、書く練習もたくさんする。ひらがなやカタカナ、少しの漢字。知っている文字が増えてゆくにつれて、私の頭の中には日本語が満ち満ちていった。

いつしか私は、中国語でしていたこと――自分が感じていることを意識したり、思ったことを形にしたり、考えるということそれじたい――を、日本語でするようになっていた。

今、誰かが私に、あなたにとってもっとも自由で自然に使いこなせる言語は何か？　と質問したら、それは日本語だと私は即答できる。けれども、あなたの「母国語」は何ですか？　と訊かれたなら、急に心もとなくなる。中国語だったかもしれない、と呟く私の日本語はいつも揺れている。

台湾人ごっこ

ときおり、台湾人のふりをすることがある。わたしは元々台湾人なのだから、ふり、と言うのは少しおかしいのかもしれない。ちゃんとこう言ったほうがよい。わたしはときおり、自分のことをずっと日本で育った台湾人として、ではなく、台湾でうまれ育った台湾人のふりをして過ごすことがある。具体的には、コンニチハ、とか、アリガトウ、ぐらいの日本語しか知らなくて、文字は「の」というひらがなが、ノ、と読むことをかろうじて知っているものの、あとはぜんぜん読めないというふりをするのだ。

〈えっ、「め」と「ぬ」ってべつの字なの？　「さ」は「ち」とは違うの？〉

そうやって、日本語をほとんど知らない、中国語（と少しの台湾語）だけでずっと生きてきた台湾人のふりをしながら、夕飯のおかずと次の日の朝ごはんのためのパンを買いに出かけてみることがある。

いつも歩いている道をそうやって歩きながら、自分のことを観光客なのだと思うときもあれば、東京に移り住んだ伯父の一家を頼ってホームステイ中の高校生だと思うこともある。数年前からのお気に入りは、自分をアーティスト・イン・レジデンスの一環として東京に滞在中の作家なのだと想像することだ。いずれのわたしも、台湾人。そして、そんな台湾人のわたしにとって、ここは異国。ファミマの看板だって、興味深いものとなる。

〈全家（quán jiā）のイメージカラーは、日本でも同じなんだなあ！〉

それは、ほんとうはわたしが台湾で「全家 FamilyMart」と書いてある看板を見たときに感じたこと。

台湾人ごっこの最中は、通い慣れた道も、しょっちゅう立ち寄るコンビニやドラッグストアの中も、スーパーマーケットにずらっと並ぶ商品も皆、新鮮に見える。「飲料」コーナーの前で、わたしは立ちどまる。「おいしい牛乳」と印刷された紙パックを手にする。

〈牛奶（niú nǎi）のことを、こっちでは「牛乳」と書くんだね〉

台湾人のふりをするわたしは日本語を知らないので、「おいしい」というひらがなは読めない。でも、「牛乳」は「牛奶（niú nǎi）」なのだと予想できる。日本語と中国語は、漢字によってゆるやかに結ばれている。漢字だらけの台湾からやってきたわたしは、日本語の中にちりばめられた中国語が読める。いや、それはほんとうは日本語なのだけれど、それでも。

〈ニィウナイ？　何それ？　牛奶（niú nǎi）。あ、そっか、ぎゅうにゅう、のことか！〉

口では伝わらなくても、漢字を書いてみせたとたん、わかりあえることもある。

〈牛乳って、台湾では「牛奶（niú nǎi）」と書くんだなあ〉

それも、ほんとうは中学生のわたしが台湾のスーパーマーケットの飲料コーナーで、「牛奶（niú nǎi）」を手にしたときに思ったこと。
牛奶(niú nǎi)（牛乳）と、花椰菜(huā yē cài)（カリフラワー）と、鶏肉(jī ròu)（とり肉）と、牙膏(yá gāo)（歯磨き粉）を次々と袋に詰めながらふと、サランラップって中国語で何と言うのだっけ？　と思う。台湾人ごっこが続けられなくなる。わたしは潔く台湾人ごっこをやめる。いつものわたしに戻って、帰路につく。五時を知らせる「夕焼け小焼け」のメロディが鳴る。からすといっしょにかえりましょ、と口ずさみたくなるのをこらえつつ、この歌を、友だちと歌いながら家に帰ったときのことを久しぶりに思いだす。こんな記憶がよみがえるたび、台湾人とは言っても、やっぱりわたしはここで育った台湾人なのだとつくづく思う。

　考えてみたら、この遊びには年季が入っている。記憶にある限りわたしはたぶん七歳か八歳の頃には、自分自身でいることに飽きたら、台湾人になってみて過ごすという空想にふけっていた。

　日本の小学校で、あ（ア）、い（イ）、う（ウ）、え（エ）、お（オ）、と日本語を学ぶ代わりに、台湾の小学校で、ㄅ（ボ）、ㄆ（ポ）、ㄇ（モ）、ㄈ（フォ）、と中国語を教わっていたわたし。東京のアパートではなく、台北で祖母や従兄たちが暮らす家の近くに住んでいたわたし。日本語よりもずっと、中国語のほうがうんと得意だったわたし。むしろ、日本語なんてちんぷんかんぷんで、中国語（と少しの台湾語）しかわからないわたし……いまの、このわたしとは確実にべつの人生を送っているもう一人のわたしについて空想するたびに、自分はどこまでいっても自分でしかない、という制約からほんの少しだけ自由になれるような気がして、ひそかに心を高鳴らせた。

　人生はだれにとっても等しく、たったの一度しかおとずれない。でも、この一度、という限られた時間の中で、自分が歩んでいたかもしれないべつの人生についてあれこれ想像していると、一度きりしかないはずのこの人生が二重三重にも膨らんでゆくのを感じて、楽しくなってくる。

そんなことばかり考えていたからか、いつか、わたしとそっくりの姿をしたかのじょの夢を見たことがあった。わたしを見つけたかのじょがにっこりと笑う。その笑顔を見て、この子は台湾人だ、とわたしは思う。あなたは日本人なの？　とかのじょが聞く。ちがうと思う、とわたしは答える。それなら台湾人？　とかのじょは聞く。さあ、それがね実はよくわからないの、とわたしが言うのを聞いて、かのじょは大笑いをする。わたしもつられて笑う。夢の中が笑い声でいっぱいになる。

だから、台湾人のふりをする、とは言っても、わたしの場合、見ず知らずのだれかになってみる、というよりは、ただ、かのじょ——台湾でうまれ育ったわたし——のふりをしているだけなのだ。

牛乳、カリフラワー、とり肉に歯磨き粉と、スーパーで買ってきたものを袋からひとつずつ取り出しながら、そうだ、サランラップ、の中国語を調べておかなくちゃ、と思う。次の台湾人ごっこに備えてね。

それって、何語なの？

ふだんは主に日本語をしゃべっているし、何ならば聞くのも読むのも書くのも、日本語ばっかりだ。今のところ、私の人生において圧倒的な比率を占めているのは日本語。それで、まずはまちがいないだろう。

ただ、私の場合、人生の最も初期的な段階——オギャア、と生まれて、ウーウーアーアー、と言いながら世界を這い回っていた頃——は、日本語がほとんど聞こえない、今とはちょっと異なる世界で過ごしていた。

赤ん坊の私がいたそこでは、ここ日本でもよく知られる中国語（ニーハオ、シエシエ、ウォーアイニー）という言語のほかに、あと一つ、台湾語と人びとが呼ぶ福建省南部の言葉をルーツとしながらも台湾独特の語彙や言い回しなどがぞんぶんに取り込まれたことば（リッホウ、ドオシャア、グァアイリィイ）が、話されていた。

中国語と台湾語は、ある人によれば英語とドイツ語ぐらいちがうらしい。とはいえ私の知る台湾の人には、公用語である中国語のほかに台湾語も話せるという人が多い。

私の母もその一人だ。

子どもの頃は、ユウジュウちゃんのママ、今、何語でしゃべったの？　と友だちに訊かれるとなんて返事してよいのかいつも困った。

私の母はいつも、日本語がすらすらと思い通りに出てこなくなると、台湾のことばで私にむかってものを伝えた。それは中国語のときもあったし、台湾語が飛び出ることもあった。あるいは、その両方を一文の中に鷹揚（おうよう）につなぎあわせていることもある（この場合が最も多かった）。とはいえ、台湾では叔母たちやすれちがう町のひとたちも皆、そんなふうに中国語と台湾語を交ぜ合わせてしゃべっているのがあたりまえだったので、母だけがおかしいのではない。

――今天、ガッコウ、アンツァー？

そんな台湾人の母が、たった今、何語でしゃべったのか、友だちにむかって正確に説明するのはなかなか難しかった。

生まれたときからずっと日本にいる友だちは、日本語以外の言葉なら外国語に決まっていると思っているらしく、外国語といえば英語が真っ先に思いつくからか、ユウジュウちゃんのママはエイゴをしゃべってるの？　と訊く。エイゴ、では絶対にないとわかるので、その場合はすぐに否定できる。ちがうよ。別の子が、ユウジュウちゃんのママはタイワン人なんだからタイワンゴでしょ、と言う。しかし私は、そうだよ、と自信を持って言えない。

何しろ友だちが耳にした母のしゃべっていたことばは、正確には、台湾語だけではなくて、そこに中国語も断片的につなぎあわせたものだからだ。

大人になってからも、台湾では何語が話されているの？　と訊かれるたび、日本語には言うまでもなく、中国語にも台湾語の中にも行儀よく収まってくれない母の声が浮かんで、さて、どう答えたものやらと思案せずにはいられなかった。

今でこそ私は、たとえば日本語と言っても日本人のすべてがまったく同じようにそれをしゃべるのではないと知っている。一人ひとりの人間の中には、「標準語」では束ねきれない、豊かで、混沌とした言語世界が渦巻いている。

思えば、母のことばが、身をもってそのことを私に感じさせてくれたのだ。

親切な人びとの国

母はよく、日本人は親切だと感心していた。

アパートの大家さんの一家や、スーパーでよく声をかけてくれる顔見知りの店員さん。私の学校の先生や、私の同級生のお母さんたち。

しょっちゅう中耳炎になる私を通わせた耳鼻科のお医者さんや、薬を処方してくれる薬局の薬剤師さん。水道管の修理や消防点検に来る業者さんに、たまに土曜日や日曜日に出前で食事をするときにホカホカのご飯を届けてくれる配達員の若いお兄さん。

確かに、人びとは母に親切だった。

台湾からやってきて、カタコトの日本語を駆使しながら、異国の地で幼い子ども二人を育てている母にとって、日本人が自分に親切であることはどれだけありがたいことだったろうかと思う。

そんな母は、私にたびたび言い聞かせた。

——いつもニコニコするの。こちらがにこやかに振る舞えば、周りの人たちも幸せな気持ちでいられるし、優しくしようと思ってくれるんだから。

母は、女の子ならなおさらね、とも付け加える。

けれどもそんな母に向かって、変な喋り方をするな、と言った人もいた。

あの日、どんな用事で母と私と妹の三人だけでタクシーに乗ったのかはまったく覚えていない。父がいなかったことだけははっきりしている。

母が行き先を告げても、その運転手はハイともアアともウンとも言わなかった。ただ、車を発進させただけだった。

揺れる車の中で母はいつもの通り、私と妹に話しかける。お腹すいた？　今夜は何を作ろうかな。適当に何かお弁当でも買って行こうか……

――パトォ、ヤオボ？　今天、想、チーシェモ？　チンツァイ、べーお弁当、ハオマ？

母の声が耳障りだったのだろうか。運転手が突然、うるせえな、と口を挟む。

――日本に来たんなら、日本語を喋ってくれ。そんな変な喋り方をするな。

怒気が混じっていたというよりは、くたびれきった疲弊混じりの口調だった。私も妹もぽかんとした。母は、スミマセン、と言った。スミマセン、ゴメンナサイ、と計三回謝って、その後は目的地までずっと口を噤（つぐ）んでいた。

幸い、運転手もそれ以上は何も言わなかった。

タクシーから降りると、あのおじさんこわかったね、と母はいたずらを叱られた子どもみたいな言い方をした。その母の顔が笑っていたので、私は安堵（あんど）した。

そんなことがあった後でも、母は考えを改めなかった。

――日本人は親切な人が多い。こちらがニコニコしていればみんな優しくしてくれる。特に女の子は愛嬌が大切なのよ。

いつしか私は、そんな母の言い分に密かに反発を覚えるようになる。

ガイジンで、オンナだからって、いつもにこやかに愛想よく振る舞わなければならないなんて、ちょっと不公平じゃない？

ここにいさせてくれて、親切にしてくれて、本当にありがとう、と、いつまで私は日本人に向かって感謝を示さなくちゃならないの？

それからコンビニなどでアルバイトの留学生の店員に声を荒らげる年配男性がいたというニュースを見るたび、母が信じているほど日本は親切な人だらけではないと思う。

新住民

私自身がいい例であるように、世界中のすべての子どもが、彼や彼女の親が生まれ育った国で育つわけではない。

両親にとっては「外国」であるこの日本で子ども時代を過ごし、ずっと東京で暮らしている私は、時々、自分のことを「台湾系日本人」と名乗りたくなることがある。

「在日台湾人」という表現は、個人的にあまりしっくりとこない。日本に在する、という意味を含む「在日」という言葉は、日本人にもあてはまるのだから、それを日本人以外の人たちにだけ使うなんて、ちょっと不公平だと感じてしまうのだ。

むろん、戦前——日本が「大日本帝国」だった頃——に、宗主国の「臣民」として朝鮮半島から日本列島に渡ってきた人たちの子孫を表現するための「在日」という言葉になると、話は違ってくるのでその場合はもっと繊細な議論が必要なのだけれど。

いずれにしろ、私にとっては、「在日台湾人」よりも「台湾系日本人」と言ったほうが、日本に居る台湾人としての自分以上に、台湾にルーツを持つ日本人という自分が際立つようで、より自分にぴったりと馴染(なじ)む感じがするのだ。

そんなことばかり考えていたのもあって、台湾では、結婚などで台湾に移り住んだ外国籍の人たちや、その子どもたちのことを「新住民」と呼ぶのだとはじめて知ったときは、とてもいいなと思った。それにならって私も、自分のことを日本の「新住民」と名のってみたいと思った。

考えてみれば私が小学生だった一九九〇年前後は、首都である東京の小中学校でも外国出身者の児童や生徒は、現在ほど多くはなかった。少なくとも私が在籍することになった小学校のクラスで、来日してまもない外国人を親に持っていたのは私一人だった。

こんな記憶がある。

ウワバキ、ゾウキン、タイソウギ……とモノを指しながら、それぞれの名前を先生が母に向かって丁寧に繰り返している。母がそれを復唱する。さらに先生は、これは中で履く靴、掃除に使う布、運動するときに着る服、と一つひとつのモノをやさしい日本語に「翻訳」する。先生のおかげで母は、私のために何を準備したらいいのか理解する。

私が、小学校一年生になる直前の春のことだ。先生と私たち親子しかいない教室に温かな光が射し込んでいた。

月日が流れ、大人になってから、私はあの先生のことをよく思いだす。

先生は、日本語がうまくできず、日本の習慣にも不慣れな私や母を当たり前のように受け入れてくれた。おかげで私は、自分も、学校に、教室に、日本にいていいのだと思えた。

今、すでに日本社会の一員として溶け込んだ立場にある者として私は、さまざまな国や地域から日本に移り住んできた子どもたちやその保護者たちが、言葉や文化の壁にぶつかって、誰からも手を差し伸べてもらえず、肩身の狭い思いをしていたり、孤立寸前の状態に陥っているという話を小耳に挟むたび、たまらなくやきもきする。

そして、残念ながらそういう話は絶えないのだ。

私は、自分だけが幸運だったとは思いたくない。「新住民」である私や私の家族が温かく迎えられたのは、たまたま巡り合ったあの先生が特別にやさしい日本人だったからだとは思いたくない。

母の「海外」暮らし

考えてみれば、母も、もう四十年近くも、日本で暮らしている。

あいかわらず、カタコト以上、ぺらぺら以下という感じで、妙に年季の入った日本語を、どこでも堂々と喋る。

子ども二人を育て上げて、今では孫——妹の子どもたちだ——もいて、すっかり日本に根を下ろしている状態だ。

一度、台湾のデパートで買い物していたら、店員さんに母と二人揃って日本人に間違われたことがある。

私のほうは中国語も舌足らずだし、台湾ではしょっちゅう日本人と思われてきたけれど、母までもが、

「奥様は中国語がよくできるのね」

と感心されているのは可笑しかった。母が、そりゃそうよ、あたしは台湾人なんだから、と言ってまわりを笑わせるのを聞きながら私はあとで考えたのだった。

思春期の頃から、永遠の「命題」——私は「台湾人」なのか「日本人」なのか。あるいは、そのどちらでもないのか——を抱え込んだ私と違って、三十代になってから来日した母にとって、自分がナニジンなのかという迷いは一切ない。

母は、生まれた時から今の今までずっと、自分のことを台湾人だと思っている。

強いて言えば、自分を海外生活の長い台湾人と感じているのだろう。

目まぐるしく変わる台湾の事情や、その都度その都度の流行などに少々疎いところはあっても、母はやっぱり台湾人なのである。

そんな母も、今や、台湾にいた年月よりも、この日本で過ごしてきた年月のほうが上回っている。母は人生の半分以上を日本で生きている。

母と比べると、父のほうは日本にいた時間が圧倒的に少ない。

私と妹が中学校と小学校に通っていた一九九〇年代半ば頃から、父の出張は増えた。行き先は、主に上海や深圳（しんせん）、南京など中国の都市ばかり。台湾にも頻繁に立ち寄るようになった。仮に、この時点で父が一家揃って台湾に引き上げることを決意したのなら、私と妹は「帰国子女」になっていたかもしれない。

母は、中国語もろくにできない子どもたちを日本から連れ出すのはかわいそうだと言った。父も、母の意見はもっともだと思った。それで、「単身赴任」の形で、自分だけが移動の日々を送るようになった。それぞれの都市を、大体、二、三週間ずつ。だから長いときは、一ヶ月以上、日本の家を留守にすることもあった。

こうして改めて振り返ってみると、父が、日本でまるまる暮らした年数は、せいぜい十二、三年ほどしかなかった事実にちょっと驚いてしまう。

今も父は、七十を目前にして、現役で仕事を楽しんでいる。台湾や中国の若い人たちと一緒に働くことがつくづく面白いらしい。そのためもあって、いまだに父は上海や台北にいることが多い。だから父がたまに日本に帰ってくると、我が家はほとんどお祭り騒ぎになる。父を囲んで家族揃って食事をする日はまさにハレの日そのものなのだ。

そんな父と母に初孫が生まれた。妹は自分の娘に、母方の祖父母をアゴン、アマと台湾風に呼ばせるつもりらしい。孫娘からそう呼ばれる両親を想像すると心が弾む。

ひらがなの宛先

姪っ子が真っ先におぼえた文字は、も、である。も、の字が、モモ、という自分の名前をあらわす音だと知ってうれしくなったらしい。自分と親密な関係がある文字は特別なのだ。

モモちゃんが三歳九ヶ月の頃だ。

ついこのあいだ妹のまんまるに満ちたおなかに、早く会おうね、と呼びかけたばかりな気がするのに、その赤ん坊が今では、も、の字が読めるとはと、感慨を抱いた。

そう思っていたら、一枚の葉書が届いた。

「お元気ですか？　また一緒に遊んでください」

葉書の片隅には妹の名前と、もも、という絵のような形のひらがなが添えてある。三歳児の姪による直筆の署名だ。モモちゃんは、も、の字が読めるだけでなく、もう書くこともできるんだ、と頰がゆるんだ。

後日、モモちゃんお返事が届いたって自慢してたよ、と母が私に教える。しかもモモちゃんは、ももちゃんまたあそぼうね、と葉書にある文字を一つずつ指さして、母と妹に読みあげてみせたとか。私はとても驚いた。

「モモちゃん、もう字が読めるの?」

「まだ全部は読めないよ。でも、知ってる文字があると声に出す。すごく時間をかけて、知ってる文字を探すの……モモちゃん、あの子の伯母とおなじね。字を、読んだり書いたり、好きみたい」

読める文字が、一つ、また一つと増えつつあるモモちゃんも、自分でおはなしを書いてみたい、といつか思うようになるのだろうか?

お祖父(じい)ちゃんもね、と母が続ける。

「おじいちゃん?」

「そう、あなたのアゴン、ママのパパも、あなたが書いた手紙を、今のモモちゃんみたいに読んでたね」

そうだった。字が書けるようになった頃、私もよく手紙を書いた。「VIA AIR MAIL」と印刷してある赤と青の模様に縁どられた封筒に台湾の祖父母の住所をしたためる母のそばで、私はいそいそ書くのだ。「おじいちゃん、おばあちゃん、おげんきですか? わたしはとてもげんきです……」

日本から届く孫娘の手紙を、祖父は古い記憶を手繰り寄せながら読んだはずだ。祖父が日本語をおぼえたのは、ずっと昔。台湾が、日本の植民地だった頃のことだ。

「字を、おおきく、はっきりと書くの。そしたらおじいちゃん、読める。あなたのおじいちゃんは、ひらがなとカタカナが読める」

八歳の私にそう言い聞かせたときと同じ口調で、三十八歳の私に母はアドバイスするのだ。

「おおきい、はっきりしたひらがなで書いてあげたら、モモちゃん、あなたの手紙、読める」

母たちのお喋り

昔々、私がうまれるよりもずっと前、白いブラウスに紺色のスカート、そしてハイソックスを穿いていた頃の母が、同級生の少女たちと交わした会話を想像することがある。

……国語の先生こわいよね、とか、おかっぱには飽きちゃった、あたしも叔母さんみたいにパーマをかけたいな、とか、父さんったら日本の話ばっかりするからいやんなっちゃう……といったふうに。

母は、うまれたときからずっと私の母親だったのではない。

母も、自分と同じように、一人の女の子として、学校に通っていた頃がある。

私がはじめてそれを意識したのは、台湾の祖父母の家で、当時の自分よりも少しだけ年上の母が写っている集合写真を見たときのこと。

一枚の白黒写真の中に、制服姿の女生徒たちが勢ぞろいしている。

いずれ私の母となる少女は、最前列の左寄りの位置に座っていて、はにかみながらこちらを見つめていた。

写真の中の女の子たちの声を私は想像する。かのじょたちが、私や私の友だちが日々喋っているように、こんな会話を交わすところを思い描く。

数学の授業ねむいよね、とか、体操着に着替えるのかったるいな、とか、夏になったら海へ行かない？　とか……

ほんとうは、日本語ではない。かのじょたちは、中国語あるいは台湾語で喋っていた。けれども私は、それを日本語で想像するのを楽しむ。

……今でも時折、子どものときに見た白黒の集合写真を思い浮かべて考えることがある。

あの写真の中の母は、まだほんの女の子。

赤ん坊を授かって母親になるなんて、はるか遠い未来のこと。

はにかんでいるあの子に教えたくなる。

あなたはいつか女の子を産むんだよ。そしてその娘のことを、自分がうまれ育った台湾ではなく、日本で育てる。

けれども、写真の母はまだ、ただの女の子。

自分にとってごくありふれた日々のようすを、いつか自分が育てた私が大人になって、海や時間や言葉を越えて、心ときめかせながら想像するとは夢にも思っていない。

パオパオを待ちながら

Nちゃんの家をたずねる。

かのじょは妊婦で、もうじき出産を控えていた。

まるく満ちた友だちのおなかをさわらせてもらいながら、アイーだよ、と声をかける。Nちゃんの顔がほころぶ。アイー、は子どもが年上の女性を呼ぶときに使う中国語だ。

私の親友の赤ちゃんの父親は、中国出身の男性である。いまもわたし中国語はほとんどできないの、とかのじょはおどけてみせる。でも夫の日本語が大変流暢なので、不便はないという。きっと、と私は想像する。中国語を聞かせてよ。私の友だちは愛する人にそうねだることがあるはずだ。

私たちが十七歳のとき、Nちゃんは言っていた。

「中国語の、特に音の美しさに、うっとりするんだよね……」

かのじょはもちろん私が台湾人であることを知っている。

私の両親が中国語を話すひとたちであるのもわかっている。

だからこそ、私にむかってそう打ち明けてくれたのだろう。

私は内心、とてもうれしかった。とっくにうまく喋ることはできなくなっていたけれど、中国語は、私が、日本語をおぼえるよりも先に親しんだ言葉だ。赤ん坊の私に、両親や伯父に叔母、周囲の大人たちがやさしく囁(ささや)きかけてくれた言葉でもある。私にとって中国語は、自分の幸せな記憶と結びついている。

でも、その分、私は妙に照れた。せっかく褒められたのに、そんなの気のせいだよ、と言い返してしまう。

「日本語だってぜんぜん知らない人が聞けば、わたしたちが思うよりもキレイに聞こえたりするはずだよ」

三十七歳になったNちゃんは、おなかの中の子を「パオパオ」と呼ぶ。中国語で宝物、そして、かわいい赤ちゃん、という意味だ。私は想像する。この家で交わされるかのじょと夫の会話。日本語、時折、中国語。ふたつの言葉がまざりあって、かのじょたちの赤ん坊を包みこむ。母の国で生まれ育つことになるパオパオにとって、母の言葉と父の言葉のどちらも、やさしくうつくしいものであるように、と私は願う。できればずっと。

全家福

三十代前半の両親がほほ笑んでいる。

母はふくらんだおなかを大切に抱えるように、両手を添えている。父は、幼い私を膝の上に抱いている。

両親とくらべてややかたい表情を浮かべている私は、四歳九ヶ月。

当時住んでいたアパートの一隅を背景にセルフタイマーで撮影したこの一枚は、父の赴任にともなって母と私も東京で暮らすようになってからの最初の全家福（quán jiā fú）——中国語で家族写真のこと——だ。

あの頃、カメラを購入した父は、私や母を被写体によく写真を撮った。

——笑一笑（笑ってみて）。

父も母も、必ずそう言った。私は笑った。笑うと良い子だとほめられた。父と母は私が良い子だと自分たちも笑った。

父も母も自分が笑い顔をつくるのに忙しくて、笑って、と私に言う余裕がなかったのだろう。私は、自分だけが笑っていないこの「全家福」が、とても好きだ。父と母が、とても幸福そうだから。

写真の日付は、1985／2／17。

母はこの半月後に、赤ん坊——私の妹——を産む。

姉になったばかりの日々を、いまも時折、思いだすことがある。

あの頃を境に、私の世界はがらりとかわった。

家の外では、日本語だけを話さなければならなくなった。

家に帰ると、うまれたばかりの小さな妹がいた。

母が赤ん坊の世話にかかりきりでも、私は両親が心配していたほどやきもちを妬かなかったらしい。

以前のようには両親を独占できないことが、まったくさみしくなかったわけではない。でも私は、幼稚園生にもなったのだし、赤ん坊の〝おねえちゃん〟であることが誇らしかった。

そんなふうに感じられたのは、たぶん母から〝魔法〟の言葉を貰ったためだ。

「わすれないでね。あなたは四年間もパパとママの愛をたっぷり独り占めしたんだから」

その年の母の日、父はふたたびセルフタイマーで家族を撮影した。

日付は、1985／5／12。

私はあと数日で五歳になるところ。三ヶ月前の「全家福」よりも、心なしか表情が〝おねえさん〟っぽい。

ガッコウとちがって

私が幼稚園に通うようになると、当時、来日してまだ三年そこそこだった台湾人の両親は、私が毎日行くところのことを、ガッコウ、と呼んでいた。

台湾にも幼稚園にあたる場所がないわけではない。

それでも父は、ガッコウ、という日本語の響きには小中学校のほかに幼稚園も含まれているはずだと勘違いしてしまったのだ。

母はさらに日本語がおぼつかなかったので、あの頃の私たち一家にとって、私が日々いるのは、ヨウチエン、ではなく、ガッコウ、と呼ばれたままだった。

ガッコウに行くようになって、私は気づいた。ここは、今までいた世界とはまったくの別世界だ。

最大の特色は、ガッコウでは日本語のみが使われていて、ほかの言語が一切、通じないところだった。

要するに、私がそれまで使っていた中国語や台湾語をわかってくれる人は、ただの一人もいなかった。だから私はガッコウではほかのみんなにちゃんと通じる言葉で話すようになった。

はじめこそ、なかなか大変だった。赤ん坊の頃からずっと親をはじめとする周囲の大人たちが話すそれをたっぷりと耳にしてきたほかの子たちと私とでは、日本語に触れてきた「キャリア」が全然ちがう。

幼稚園児の私に課せられたのは、周りの日本人の子どもたちがそれぞれ四年ほどかけてゆっくりと習得した日本語を、一日も早く習得することだった。少なくとも、ガッコウ生活を送る上で周りについて行ける程度の日本語を聞き取り、自分でも話せるようにならなければならなかった。

来日時の年齢がもう少し高かったら、もっと苦労しただろう。でもあの頃の私は、まだたったの五歳。ガッコウに通うようになって半年も経つ頃には、それなりに周囲と意思疎通ができるようにはなった。友だちと呼べる子もできていたし、休み時間になればおままごとができるほどにはなっていた。ただし、誰もがやりたがるオカアサン役を私は絶対にやらせてもらえなくて、最も舌足らずという理由で常に赤ちゃん役をあてがわれていたのだけれど。

ガッコウにいる間はそんな感じだったものの、母やまだ赤ん坊だった妹のいる家に帰ると私を取り囲む世界における日本語の存在感は急に薄れた。

その頃、忙しく駆けずり回る父に家と子どもたちのことを託されていた母は、ガッコウで長い時間を過ごさなければならない私ほど、日本語の世界に馴染む必要はなかった。母にとって、本物の日本人と会話をする機会は、スーパーでものを買うときやアパートの大家さんと雑談をするときぐらいだった。そんな母はあいかわらず彼女自身の母語である台湾語や中国語で私にむかって話しかける。私も母の声を通して聞く言葉ならそれが何語でも理解できる。

ガッコウでは赤ん坊扱いの私も、本物の赤ん坊がいる家ではお姉ちゃんだ。実際、妹が生まれてからは両親も私をオネエチャンと呼ぶ。オネエチャン、今天、ガッコウ、アンツァー？ 今日はガッコウどうだった？ 中国語と台湾語まじりで母に聞かれて、ウン、タノシカッタヨ、という私の日本語を母はちゃんとわかってくれる。

ガッコウでは混ざり合うことのない複数の言葉が私たちの家の中には溢れていた。

正しくありたいことの罠

七歳の私は、コッケコッコー、と先生が言ったのかと思った。でも、ニワトリの物真似にしては、先生の声の調子は勇ましすぎたし、全校児童が集っている校庭に漂う妙に張り詰めた厳(おごそ)かな雰囲気にニワトリはまったく似つかわしくない気もした。

先生は、コッキケイヨー、と言ったのだ。私たちは学年ごとに整列していて、国旗掲揚塔を見上げる格好で「気をつけ」の姿勢をとっている。

その日の朝、今日は開会式の練習をします、と先生は言った。

「みんなで頑張って、運動会を必ず成功させましょうね」

開会式の練習とは、吹奏楽部が演奏する音楽――「ラデツキー行進曲」や「星条旗よ永遠なれ」「双頭の鷲の旗の下に」それに「軍艦マーチ」などといった、当時の私はもちろん題名を知らなかった定番曲――に合わせて、校庭のトラックをひたすら行進することだった。

余計なお喋りは許されなかった。行進する時に隣の子との足並みがきれいに揃っていないとやり直しをさせられもした。奇妙に粛々とした雰囲気の中で、私たちは先生たちが学校をあげて「この運動会を成功させるべく」次々と繰り出す指令に従順だった。

自分以外の誰もがそれをおかしいと疑う様子がなければ、これっておかしいのでは？　とはなかなか疑えない。

少なくとも小学一年生の私は、先生の言うことは必ず正しいと思っていた。私は、先生に叱られるよりは、褒められたい。そのためには、命じられたとおりに動けばいい。そうしていれば、たとえ褒められはしなくとも、叱られはしない。

あの日、一年生から六年生までの全校児童が校庭に集まっていた。幸い、夏の盛りの炎天下ではなく、よく晴れた爽やかな気候の日だった。

気をつけ、と先生が言う。私たちは姿勢を正す。

右向け、右、と先生が言う。私たちはくるりと右に体をむける。いつの間にか、吹奏楽部による演奏は停止していて、しん、としている。

コッキケイヨー、という先生の声が響き渡る。

次の瞬間、行進中に流れていた勇ましい曲調の音楽とはまったく趣を異にする、厳かな雰囲気を漂わせた旋律が聞こえてくる。そのメロディを綺麗だなと感じている七歳の私の視線の先には、しずしずと掲げられてゆく日の丸の旗が見える。

毎年八月十五日にテレビニュースや新聞記事をとおして全国戦没者追悼式が行われる日本武道館に大きく掲げられた日本の国旗を見るたび、戦争って恐ろしいと思う。そうしろ、と命じられたことに従わなければ、みんなで頑張ってるのに足を引っ張るのか、と罵倒される。あいつは非国民だ、とレッテルを貼られ白い目で見られる。国家に忠誠を尽くすことが何よりも「正しい」とされる状況では、個々人の違和感はすべて間違ったものとして処罰の対象となる。

「軍艦マーチ」とはまったく異なる曲調の「君が代」の旋律に感動して綺麗な歌だなと感じていた七歳の私は、後日、外国人である自分の両親が知らないその歌を、両親と同じく台湾人であるはずの祖父母がオボエテルヨと言ったことに驚く。そんな私が、あの戦争で、日本の兵士として死んだ人たちの中には台湾人も少なくないと知るのはもっとずっとあとのことだ。

友だちができなくても

ティーンエイジャーと称される年頃に突入早々、私は、友だちをたくさん作らなければ、と思うようになった。

友だちがたくさんいる人のほうが、そうではない人よりも輝かしくて、幸福な人生を歩んでいるに違いないと思い込んでいたのだ。

十代前半の頃の私は、幸福とは？　とか、充実した人生を送るには？　といったことを、しょっちゅう大真面目に考え込んでいた。そんな私の目には、人から嫌われている人よりは、好かれている人のほうがはるかにずっと幸せそうに見えた。

それで、幸せになるためにはまず、人から好かれる人間になるべきだろうと考えるようになった。

その基準の一つが友だちの数である。

幸か不幸か、人と仲良くできることや、友だちがたくさんいることは、学校の中ではもちろん、当時の私の手に届きやすい範囲で流通する情報——テレビやマンガなど——を通じて提示される価値観としても、あからさまにポジティブなこととして推奨されていた。

一九九〇年代後半なので、〝コミュニケーション能力〟などという恐ろしくも呪わしい言葉はまだなかったのだけれど、要するに、〝コミュ力〟の高い人にならなければ、という強迫観念に私は明らかに囚われていた。

私は、いつもニコニコと笑って、常に明るく、感じよく振る舞おうと努めた。

幸せになるには、誰からも好かれる人にならなければと思っていた。

努力の甲斐があって、私は、そこそこ、人に好かれた。

でも、どうしてだか、友だち、と安心して呼べる人が、なかなか増えないのだ。私のほうが友だちだと思いたくても、相手はそう思ってくれてないような、そんな関係の人ばかりが増えてゆく感じだった。

誰とでも、それなりに仲良くできる。その方法は知っている。

でも、私の人間関係、一生、こんな感じで良いのだろうか？

そもそも、輝かしくて、幸福な人生を夢見るからこそ、私は友だちの多い人間にならなくちゃいけないと思っていた。そのためにとっても頑張っている。でもなんだってこんなに時々くたびれてしまうんだろう。

そんなある日、Nちゃんが言ってくれた。

「ユウちゃんの笑顔って、時々、痛々しくて、見てられない」

幸い、この頃の私はまだ十七歳になったばかり。軌道修正するにはまだ十分間に合う段階だった。

ずっとあとになって「自分の感情を押し殺すためでないかぎりは、おおいに笑うのは良いことです」というスーザン・ソンタグの文章を読んだ時、私は自分を目覚めさせてくれたNちゃんの言葉を思い出した。

今も私は良い出会いを常に希望しているし、自分に友だちなんか必要ない、とは思っていない。人が好きだし、人に好かれる自分でありたいとも思っている。けれども十七歳の頃とはちがって、友だち、とは、自分の感情を押し殺しながら無理やり笑ってまで作らなきゃならないほどのものではないともちゃんと知っているおかげで、なかなか「幸福」な日々を送っている。

処世術

たぶん子どもの頃の私は、どうせ注目されるのなら、良い意味で「例外」的な存在でいたかったのだと思う。

あの子は「特別」な存在で、凡庸(ぼんよう)な自分たちとはちがう。憧れちゃうよね、といったような。そう、羨望される対象であるなら、「例外」と扱われることは必ずしも苦痛だらけのことではない。少なくとも蔑視に耐えるよりはましなのだ。

——あの子って、日本人じゃないんだって。

自分のことがそんなふうに噂されることがあると最初に知ったのは小学二年生の頃だ。私は、そのことのせいで恥じ入らなければならない意味がよくわからなかった。私が日本人じゃないからって、何なの？　と。

同時に気づかされもした。ひょっとしたら私って自分が思う以上に「特別」な存在なの？

それでわざと、私は日本人じゃないからね、と思わせぶりな口調で周りにむかって言ってみることにした。この「特別」な一言は相当の効果があったらしく、私がそう言ったとたん、誰もが瞳を輝かせて私に注目した。それで私は、台湾で私は生まれたんだから、と続けて、興味深そうに私を囲む人たちの好奇心をさらに掻き立てる。

――台湾って、外国？

――うん、そうだよ。

――じゃあ、ユウジュウちゃんは外国語を喋れるの？

――ちょっとだけね。

私は、ここぞとばかりに中国語で数を数えてみせる。イー、エー、サン、スー、ウー……歓声が上がる。私は注目の的だ。みんなから羨ましがられている。私は満足した。日本人でないという、ただそれだけの理由で、「普通」とはみなしてもらえないなら、いっそ自分のほうから、「非凡」な人間として振る舞えばいい。

ところがそのうち、こんな陰口を叩かれるようになった。

――あの子さ、自分は日本人じゃなくて、台湾生まれだっていつも自慢しているけど、台湾人だからって何がそんなに偉いの？

私は再び、軌道修正をしなければならなかった。

日本人ではないからといって卑屈でいる必要はないけれど、あまり傲慢になってもいけない。さもなければ、あの子は普通じゃないからね、とまた仲間に加えてもらえなくなる。

劣った存在だと馬鹿にされないように、また、驕った存在だと反感も持たれないように、周囲に受け入れてもらうために、幼い私は、そんなふうに我ながら涙ぐましい努力をコツコツと続けていく。

それが、他の人と「違う」自分が会得しておかなければならない「処世術」なのだと思っていた。

思えば少なくとも高校を卒業する頃までの私は、自分は「例外」で、「特別」で、「普通じゃない」

存在なのだと考えていた。

理由は明確過ぎる。自分以外の人たちはほぼ全員日本人という環境が、私の「全世界」であったためだ。

大人になった今も私は時々、自分を「例外」で、「特別」で、「普通じゃない」と感じさせられることがある。そういうときの私が、自分以外の「普通」の日本人たちに向き合うときの態度は、子どものときと大して変わらない。劣っているとみなされないように気を張り、驕っていると思われないように神経をつかう。

だから私は、私を私のままでいさせてくれる人と会えるとそれだけでとても嬉しくなる。

世界への入り口

昔々、私のランドセルがぴかぴかだった頃、学校の勉強の中ではサンスウやリカやシャカイよりもゴ、ク、ゴ、がいちばん大好きなの、と言ったことがあった。そんな私にむかって父が、ゴクゴではなくコクゴだよ、と教えてくれた。コ、と、ゴ、の音のちがいを幼い私が聞き分けられるように父は、コ・ク・ゴ、と何度か繰り返した。

あの頃の父は、私よりも日本語がじょうずだった。

国語を、ゴクゴ、と言いまちがえたことのある私はまさにその国語の時間に、ア、イ、ウ、エ、オ、という音は、あ、い、う、え、お、という形で示せるのだと知った。あ（ア）からはじまり、ん（ン）で終わる五十の文字を覚えると、私の世界は一気に広がった。本の中にも、言葉が溢れていると知ったのだ。「よかったね」「おいしい」「まって」……お気に入りの絵本を広げて、文字を一つずつ唱えると、それは皆、何かの言葉になる。本の中の言葉たちは、世界はとても広くて面白いのだと私に感じさせてくれる。それだけではない。私は自分でも文字を書くようになる。音でしかなかった自分の言葉が次々と文字になるのを楽しむ。読むことと書くことをたくさん味わえるから、私はコクゴが好きだった。

両親は私がコクゴが好きであることを喜んだ。何しろ、コクゴができなければサンスウやリカやシャカイも、ちんぷんかんぷんだったはずだから。

コクゴは、すべての基本なのである。

それからものの数年もせずに、家族の中でいちばん日本語が得意なのは、父ではなく、私になった。

台湾に帰ると、この子はまるで日本人みたいだね、と可笑しがられた。ふだん私のまわりで日本語以外の言葉を話すのは父と母ぐらいなのに、台湾にいると、ほとんどの人たちは日本語を話せない。たくさんいる伯父や叔母、それにいとこたちも皆、中国語を喋っていた。私も台湾ではカタコトの中国語を喋った。

あるとき、従姉が私の持ち歩いていたノートを見せてほしいと言った。従姉のことが好きだったから、私は喜んでノートを広げて見せた。わあ日本語だ、と感嘆した従姉はよっぽど興味深いのか、ノートに刻まれた私の筆跡にじっと目を凝らす。それから、学校、という部分を指さすと、xué xiào（シュエ シャオ）と言った。私は笑った。ちがうよ、これはガッコウと読むの。すると従姉は、あなたにとってはガッコウだけど私たちには xué xiào（シュエ シャオ）だもん、と言ったのだ。

日本語ならガッコウ。中国語だと xué xiào（シュエ シャオ）。

その後、私は時々、考えるようになった。私も、「学校」をガッコウではなく xué xiào（シュエ シャオ）と読む人たちの一員だったのかもしれない、と。そう、日本ではなく台湾で育っていたのなら、きっと私も。学校の勉強ではゴクゴがいちばん好きなの、と言っていた自分の声がよみがえる。国語は正しくは、コクゴ、と読む。でも中国語だと、guó yǔ（グゥオ ユー）になる。

コクゴ、と、guó yǔ（グゥオ ユー）

日本語と中国語がまざりあう世界で生きていた私は、ひらがなを覚えることで、本の中にも言葉が溢れているのだと知った。今もあの興奮を覚えている。ちっぽけな自分の、狭い世界にいるのが息苦しくなったら、いつも本を開いた。本をめくれば、たくさんの言葉たちが、私に読まれるのを待っている（と信じている）。本の中にはいつも、私がまだ知らない途方もなく豊かな、本の外の世界が広がっている。

guó yǔ(グゥオ ユー)ではなく、コクゴの時間に文字の読み書きを習得した私の世界への入り口は、今も日本語だ。たぶん、今、これを読んでくれているあなたと同じように。

「国語」を、疑え

中学生のとき、好きな科目を英語で言おうとして、国語を何と英訳すればよいのか悩んだことがある。英語の先生に、あなたの国語は Japanese だ、と言われるまで私は自分が日々あたりまえのように口にしたり、文字で読んだり、自分でも書いていることばが、Japanese、すなわち日本語であるという事実を、まるでと言っていいほど意識していなかった。

それほど日本語は、私の中で揺るぎのない存在だった。もしも生まれた台湾で育っていたなら、私と日本語の関係はこれほど強固ではなかっただろう。「国語」として習得したからこそ、日本語は私の母国語といっても差し支えないほどの地位を占めるようになったのだ。

逆に言えば、私は「國語(guó yǔ)」としての中国語を学び損ねたのだとも考えられる。

年に一度か二度、両親とともに台湾に帰省し、親戚で集まると、私以外の人たちは中国語をぺらぺら喋っていた。会話の中には「台湾語」と呼ばれる福建省南部で話されている閩南語(ミンナンご)を起源とする言葉も織り交ざる。けれども、台湾の「国語」は、「台湾」語ではなく、あくまでも「中国」語なのだ。

私の両親や大勢いるおじやおば、いとこたちは皆、私が学校の国語の授業で日本語の読み書きを覚えたように、国語の時間には中国語を学んだ。だから台湾で生まれ育った台湾人で中国語ができない人は皆無に等しいのである。

ただし、一九五〇年代以前の台湾となると、事情が変わる。

たぶん、七歳か八歳の頃だと思う。私は祖父にたずねたことがある。

――どうしてお祖父ちゃんは日本語がじょうずなの？

台湾人なのに、祖父は日本に居住する私の両親よりもはるかに日本語が流ちょうだった。祖父は少しおどけながら私に言った。

――お祖父ちゃんは、昔、日本人だったからね。

あとで、私は両親にも質問をした。

――お祖父ちゃんはほんとうに日本人だったの？

父は少々考えこんだあと、そうだろうね、と言った。そして、

――台湾は、昔、日本の領土だったからね。

とも言った。領土。耳慣れないことばに私はさらに質問したくなるのだが、太難了(tài nán le)（難しすぎる）、と母が口を挟む。子どもにそんな言い方は難しすぎる、と早口の中国語か台湾語で父をたしなめてから、

――お祖父ちゃん、日本が好き。昔の台湾、日本人がいっぱい。

と私に言った。

昔の台湾、日本人がいっぱいいた。それは、私の両親が生まれる少し前の話だ。

ずっとあとになってから、私は「植民地」ということばを知る。

台湾は日本の植民地だった。

日本統治下の台湾で祖父は生まれ、学校に通った。その頃、学校に行く余裕のある家庭で育つ台湾人は皆、日本語ができるようになった。当時の台湾で「国語」の座に君臨していたのはほかならぬ日本語だった。

一九四五年の夏、日本がポツダム宣言を受諾すると台湾は中華民国に返還される。

翌年、台湾省国語推進委員会が成立し、台湾人たちにとっての「国語」は、日本語から中国語になった。

「戦後」生まれの私の両親は、中華民国の国民として中国語を叩き込まれた、まさに第一世代にあたる。

今では、彼らのほとんどは七十代に突入している。

半世紀に及ぶ期間、日本の統治下にあった台湾だが、中国語が台湾の「国語」として君臨した時間は、もうそれよりも長い。

現在の台湾では、もう誰も中国語を「國語（guó yǔ）」とは言わない。ただ単に、「中文（zhōng wén）」と言う。Chineseを意味する中国語だ。

けれども私は、両親やおじやおば、いとこたちの声をとおして覚えているあのことばを思うとき、どうしても「國語（guó yǔ）」という響きが浮かんでしまう。

台湾人にしては下手なものの、平均的な日本人と比べたらそこそこできるほうではある私の中国語は、決して「國語」ではない。日本語ネイティブが「第二外国語」として学んだ中国語である。

要するに、生まれた台湾で育っていたなら「母国語」だったかもしれない言語を、日本語がすっかりできあがった状態に至ってから「第二外国語」として私は改めて学んだのだ。それも、台湾で「國語」と呼ばれていた中国語ではなく、中国で「普通话」と呼ばれる中国語を。

二十歳のときのことである。上海で知り合ったある人が歌ってくれた。

——东方红，太阳升，中国出了个毛泽东……

毛沢東は太陽のようだと讃える意味のその歌を聞きながら、語学留学のために上海に行くことになった私にむかって母が言っていたことが蘇る。

——今では誰でも気軽に大陸に行けるんだからね。昔は、あちらは真っ暗闇だと教わったのに。

真っ暗闇。

毛沢東率いるゲリラたちが占拠したせいで大陸は真っ暗闇で太陽も射さないと私の両親が教わっていたのと同じ頃、台湾海峡を挟んだこちらの人たちは毛沢東こそが太陽だと教わっていたのだ。

——台湾で生まれたの？　それなら、あなたも中国人だね。

上海に滞在していた数ヶ月間、しょっちゅうそう言われた。

中国人からは、中国人だとみなされる。日本人ではないと日本人には言われ続ける。そして、かつては日本人だった台湾人の孫でもある……こんな私は、一体、ナニジンなのだろう？

中国、日本、台湾……三つの「国」の間で、私は途方に暮れていた。それ以来、日本人として生まれ、日本国内で育ち、日本語を母国語とする人から「あなたの母国語は何ですか？」と訊かれるたび、ある言語がある個人にとって母国語であるのか外国語なのかを隔てている「線」は実はとても恣意的なのだということを話したくなる。

ふたつの「世界」

子どものときは、台湾にいても、一人きりになることはめったになかった。いつも誰かと一緒だった。そして、どこに連れて行かれても、祖父母の孫のうちの一人として扱われ、伯父や叔母たちの姪としてみなされ、年上のいとこたちからはメメ（妹）と呼ばれ、年下のいとこたちにはジェジェ（お姉ちゃん）と呼ばれた。

台湾は、国際空港を経由して、飛行機に乗ってからでないと辿（たど）り着かない「外国」ではあったものの、私にとっては、祖父母をはじめ親戚たちが住んでいるにぎやかなところで、そこにいるときの父や母が、少しはしゃいでいたり、くつろいで過ごす場所だと思うからか、どうしても「外国」という感じはあまりしない。

とはいえ、そこが日本語の通じない世界という意味では、「外国」のような感じも確かにあった。飛行機を降りて、見知らぬ人たちの喋る声がざわざわと聞こえてくると、台湾に来たなと感じる。父や母以外にも中国語や台湾語を喋る人たちがこんなにたくさんいるんだということを、いつもちょっと不思議に思う。

日本では、学校でも、街角でも、どこでも、ほとんどの人は日本語だけを喋っている。特に家の外でほかの人と交流する必要がある場面では、父と母、まだ小さかった妹と私の四人のうち、私が最も、言葉に不自由しなかった。

父や母の口からすらすらと必要な日本語がすぐに出てこなければ、私が家族を「代表」して、父や母の意思を伝えるようなこともしょっちゅうあった。父も母も、まだ十歳にもならない子どもの私が、大の大人と立派に渡り合える日本語を使いこなすたび、少々大げさなぐらい褒めてくれる。

——さすが、我が家で一番日本語が上手な又柔だね！

もちろん、通訳の真似事みたいな、こんな面倒くさいことなどせずにいられるなら楽なのに、と思うこともなくはなかったけれど、そんなふうに両親から頼りにされたり、うまくやってのけて、そのことをうんと褒めてもらうたび、私も私で子どもながら、家族の誰よりも日本語をうまく使いこなせる自分こそが、皆の「保護者」のような気持ちになった。

私たちが暮らしているのは、日本語が不自由だと、ほとんど何もできない世界なのだ。

ところが、飛行機でひとっ飛びすると、とたんに「世界」の様相はガラッと変わる。空港の到着ロビーで中国語や台湾語が聞こえ始めると私は、自分はもう日本にいないのだと実感する。日本語は、もう必要ない。

そうやって一歩台湾に入ってしまえば、父と母は、私の「保護者」として圧倒的な存在感を放ち始める。何しろ、言葉がろくにできない私は、こちらでは、一人でほとんど何もできない。たとえ、日本では年相応以上の日本語をたしなみ、外国人である両親を支えることもあると自負していても、台湾での私はせいぜい三歳児並みの中国語と台湾語しかできないのだ。

幸い、そんな私の「保護者」になってくれる人が、台湾にはいくらでもいた。祖父母、伯母に叔父、従姉……台湾での私は誰かの孫や姪や従妹として、気楽に過ごした。日本で両親の「通訳」を担うときのささやかな苦労など帳消しになるぐらい、台湾での私はいつもとてものんきだった。

はい、私も日本人です。

あなたは、日本人ですか?

はい、私は日本人です。

いいえ、私は日本人ではありません。

高校生のときに使っていた中国語の教科書にあった例文だ。中国語に限らず、日本語ネイティブ向けに編纂(へんさん)された外国語の入門書においては、ほぼ「常連」にあたるフレーズだろう。日本で、日本語以外の言語を学ぶ人の多くは日本人である。

いや、それ以前に、日本は、日本人だらけの国だ。

両親やその先々の代から日本人の祖先を持ち、親が出生届を提出したときから日本国籍を所持し、人生の大半を日本列島内で生活している……日本の人口の90パーセント以上を占めているのは、今、ここに挙げた条件をすべて満たす人たちだ。だから「日本人」と言えば、そういう日本人を多くの人が思い浮かべるのも無理はない。

そのためなのか、たとえば、私がこれまで出会ってきた人たちに限れば、祖父母や両親のうちのたった一人でも日本人ではなかったり、自分自身が日本国籍のほかにべつの国籍があるような人は、自分で自分を「日本人ではない」とどこかで感じていたり、ほかの人たちからも「あなたは私たちとは違うよね」と線を引かれてきた、という経験を持っている人が多い。

あるいは、血縁や国籍の上では「日本人」以外の何者でもないのに、幼少期やティーンエイジャーの頃に比較的長い時間を海外で過ごしたことがあるという人たちと話していても、「日本人らしくない」と言われた経験が一度ならず何度もあったと告白する人は少なくない。

何となく違う、とか、らしくない、とは言っても、外国人の家族がいるなんて「国際的」だと羨ましがられることもあれば、流暢な英語（ほかの外国語の場合もあるが）を話せてカッコいいね、と賞賛されたりと一見ポジティブな反応もある。しかし、「ふつうじゃないよね」と線を引かれていることに変わりはない。

どうやら、日本にいる日本人の大多数は、自分たちのような日本人以外の日本人は、ふつうの日本人じゃない、となるらしい。

こんな感覚を、私も含むこの国で育つ多くの人びとは一体いつから抱くようになるんだろう？ かくいう高校二年生のときの私も、台湾出身の自分が日本人であるはずがないと感じていた。

「あなたは、日本人ですか？」

高校の中国語のクラスで会話の練習の一環として訊かれたときも、だから、ちっとも迷わなかった。

「いいえ、私は日本人ではありません」

今思えば、三歳のときからずっと日本で育って、日本の文化にもたっぷりと浸って、考えることのみならず、何かを思ったり、感じたりするときも日本語に頼りっぱなしの十七歳の私が、はい、私も日本人です、と堂々と答えていれば、そうか、そういう日本人だっているよね、とほかの人たちの頭の中の「日本人」像が更新されたかもしれないのに。

あれから二十年以上が経ってふと周りを見回してみると、私も含め、この国には、ふつうじゃない日本人、が、以前よりもずっと増えた。そのことを喜ばしく思うふつうの日本人も、きっと少なくないはずだと信じたい。そして、ふつうの日本人の、ふつう、が、変わるのを祈っている。

ユニークな境遇

親が台湾人であることや、私自身も台湾生まれなのだと自己紹介すると中国語に切り替えられることがある。

——アイヤー、ウォー・イエ・シ・タイワンレン！（わあ、私も台湾人ですよ！）

相手も台湾の方なら、私にそう言いたくなる気持ちがわからなくはない。異国の地で〝同胞〟と巡り会えたのなら、母国語で話しかけたくなるのはごく自然なことに違いないのだから。けれどもこういう時、私はいつもちょっと申し訳なく思う。中国語では会話が長く続かないのだ。

今も私は、中国語よりも日本語を使う時の方が圧倒的に楽である。

台湾人ならほとんど誰もが中国語をスラスラと使いこなせるのだが、私はそうではない。周囲の期待に応えるべく努力しようとした時期もあった。それこそ中国語を勉強し始めた頃は、ほぼ白紙状態だった日本語が急成長を遂げた五歳の年の春のように、中国語のほうもぐんぐん伸びるはずだと夢想したのだけれど、なかなかそうはならなかった。

特に、ここ日本にいる限りは、ものを考えるのみならず、思ったり、感じたりする分にも思い切り日本語に頼ることができるので、絶対に中国語をマスターしなくちゃ、という切迫感があまり続かない。

曲りなりにも私だって台湾人なのだから中国語は完璧にできたほうがカッコいいはず、と思った時期もあったが、日本人でもないのに日本語がこんなにもできる私ってなかなか素敵じゃない？　と気づいてからは、あまり無理をしようとは思わなくなった。

要するに私は、つくづく、負けず嫌い、とは正反対の気質なのだろう。勝てないのなら勝てない自分を受け入れてしまおう、とばかりに。人と争ったり、競い合うぐらいならさっさと譲りたくなるのだ。

――台湾人のご両親がいるのに、中国語を教わらないなんてもったいない！

そうかもしれない。台湾人なのだから私は中国語もできたほうがいいに決まっている。けれども、とうの私の両親はたったの一度も、おまえは台湾人なのだから中国語ができないとダメだよ、とは言わなかった。父と母の考え方はこうだった。

――ここは日本。ここで育つなら、何よりも日本語になじむのが先決だろう。

両親がおおらかだったので、私は安心して〝母国語〟を忘れていった。

日本語になじみながらも私は、自分が台湾人であることや、両親をはじめ台湾の人たちが話す中国語にも長らく愛着を抱いていた。

でなければ高校生になってから、「第二外国語」としてそれを学ぼうとは思わなかったはずだ。

両親は、すすんで中国語を勉強し始めた私のことを、エライエライ、と褒めてくれた。たぶん、自分たちの母国語を学ぶ日本育ちの娘の姿が微笑（ほほえ）ましかったのだ。

……もっと負けず嫌いの性格だったなら、私は日本語と同じぐらい流暢に中国語も話せていたのだろうか？　もったいない、と呆れる人もいるだろう。でも、とうの私自身は、こういう台湾人だっているんだよ、と日本語で思うたび、なかなかユニークな自分の境遇が面白くて誇らしい。

私はネイティブ

以前、あなたはネイティブですよね、と言われて即座に、はい、と答えたことがあった。相手が、日本語のことを言っているのだと思ったのだ。

ものを考え、思い、感じるときすら私は、日本語に頼りきりである。おそらく大多数の日本人と変わらない。

日本語と私の関係は、私がそれを疑わない限りは安定している。だからこそ、私は自分を日本語の「ネイティブスピーカー」なのだと感じている。

しかし相手は、私の中国語についてそう言ったのだった。

――ご両親がおふたりとも台湾人で、オンさんご自身も、台湾生まれですものね。

途端に、私はどきどきしてしまう。いえ、そんな、と慌ててしまう。

何しろ私の中国語能力は、人びとが思い描く「ネイティブスピーカー」とは程遠いものである。

その一方で、日本人として生まれたのでもなければ、日本で生を享けたわけでもないが、私は自分を六歳という年齢でひらがなの読み書きを習得して以来の「日本語ネイティブ」なのだと認識している。

白状すれば、幼児の頃に親に連れられて日本に移住し、自分以外は日本人しかいないという環境で、他の人たちと同じようでなければ「普通」の存在としてみなされないのではと過剰に恐れ、自ら進んで日本社会に同調し、ささやかな自分の居場所をどうにか確保しなければともがいてきた過去が、今も私のちょっとしたしこりになっている。

とはいえ私は、そんな自分自身を、まさに「ネイティブ」並みの日本語で常に支えてきたのだ。不安に陥れば、その都度つどの自分が、何を感じ、思っているのか、耳を傾けてくれる人――信頼できる先生や、親しい友人など――に話したり、誰もいなければ、自分の混乱を整理するために日記などを書くことで、なんとかやり過ごしてきた。

最近になって、日本で育ちさえすれば誰もが日本語の読み書きに不自由しなくなるわけではないと思い知らされることが増えた。

かつての私のような日本以外にルーツを持つ子どもに限らない。

自分自身を支えるための言葉を獲得するには、十分な「勉強」が必要だ。それなのに、今、この日本には、家庭の環境や経済状況によって、それがかなわない子どもが少なくないという。この国の言葉に育てられ、支えられてきた一人の人間として私は、この日本が、どんな境遇の子どもにとっても何の心配もなく安心して「勉強」を続けられる社会であって欲しいと切に思う。

悪い癖

初対面の人が年配の男性だと、どうしてだか必要以上にへりくだってしまう。どうやら私は、自分より年上の男性が相手だと、その人は必ず自分よりも「偉い」と思い込みがちなのだ。

学生の頃からずっとそうである。もっと言えば子どもの頃から叩き込まれた感覚なのかもしれない。考えてみたら小学生の頃、校長や教頭と呼ばれていた立場の人は、皆、オジサン、だった。要するに、一番「偉い」とされている人というのは、常に、年配の男性、だった。

大学に進学したばかりの頃は、自分が「新入生」以前に、「女の子」扱いをされていると感じることがよくあった。

――女の子たちは、なんか意見ない？

――女の子って、そう言うよね。

男の先輩方に他意はなかったはずだ。それでも、「女の子」である自分（たち）は、彼らと比べて「格下」とみなされているというニュアンスを感じないではいられなかった。

四十代の今思えば、十八、九歳の私と、二十一、二歳の彼らとでは、知識量や経験値、思考力に想像力など、そんな大差はない気がするのだが、それでも、年齢が上で性別が男であれば、それだけで「目上」として敬われる資格が備わるのだとどうしてだか皆揃って錯覚していたので、サークルの部室でもゼミの教室でも、そこはかとなく威張っている男性の先輩というのが、一人や二人いた。

むろん、先輩や上司、教師、指導者などの指示に従って目的達成を目指す場合は、目下の者が目上に敬意を払うという関係は合理的なのだろう。

しかし、年嵩（としかさ）で、男性であるというだけで、誰もがほかの誰かに対して、「偉い」というわけではない。それなのに今の日本には、自分が「先輩」どころか「校長先生」のつもりでいる男性があまりに多い。

先日、とある初対面の男性と話していたときのことだ。

「うちの子どもも外国育ちでね。あなたの本に書いてあることは我が家もみんな通ってきた道です」

私の父親とほぼ同世代の彼に、おそらく悪気や悪意などまったくない。むしろ、彼なりに私への親近感を精一杯示したつもりなのだろう。

「ぼくの場合、英語ができたからいいけど、あなたのお母さんみたいな人に育てられた子どもたちは辛いはずだよね」

私はふしぎな気持ちになる。私はこのひとの娘でも学生でも部下でも後輩でもない。それなのになぜこのひとは、初対面の私にこんなにも教え諭すような口調をするのか？

そもそも、彼は、私に対してナニサマのつもりなんだろう？

おそらく無意識であろう彼のその態度に辟易（へきえき）しつつ、私は不意に、「忖度（そんたく）」という日本語に該当する「Vorauseilender Gehorsam」というドイツ語が、日本語に直訳したら「服従を先取りする」であることを思い出す。

私も、いけないのだ。

私が、まだ相手のことをよく知らないのに、その人が自分よりもはるかに年上の男性であるというだけで、あたかも「校長先生」を前にしたような態度で彼に接したのが、まず大間違いだった。

たぶん、私たち一人ひとりが勇気を出してこの悪い癖を直さなければ、常に「校長先生」気分の年配男性は、いつまでも周りが自分を立ててくれると信じて疑わないのだろう。

私たちは自由だ

近頃、また考え込んでいる。生まれた台湾で、あのまま育っていたのなら、今ごろ私は、自分が所属する国家に対する自らの権利と義務を、どんなふうに行使し、どのような責任を果たそうとしたのだろう？

少し遡ってみる。

台湾こと中華民国で三十八年の長きに亘る戒厳令が解除されたのは、一九八七年。

私は七歳。小学一年生になって、日本の小学校で台湾人の両親とは異なる言語を「国語」として学び始めた頃だ。

——学校では、国語以外の言葉を喋ると先生にぶたれたのよ。

母は、たまに言った。母の言う「國語」とは、中国語のことだった。私の母や父が子どもだった頃の台湾は、そういう場所だった。台湾人たちは中華民国の「国民」として中国語を教わった。

何しろ、戒厳令下なのだ。

日本統治下の台湾を記憶する私の祖父の世代の大人たちは、毛沢東との内戦に敗れて台湾に逃れてきた蔣介石率いる国民党政府が、権力をほしいままにして力なき者を踏み躙っていても、息をひそめるしかなかった。むやみな逮捕や処刑、無数の冤罪事件が頻発していた。戦後生まれの私の両親たちは教師から鞭で打たれぬように「中華民国万歳」「共産党をやっつけろ」と叫ぶ子ども時代を過ごしていた。

むろん、言論の自由など、あろうはずがなかった。

けれども、戒厳令の廃止後、台湾は、徐々に、暗い時代を脱してゆく。

この頃を境に、天安門事件が勃発した対岸の中国とは対照的に、自由と民主の方向に台湾は向かいはじめたのだ。

十七歳になった私が、高校で第二外国語として中国語を習いだすと母は言った。

――この子は最近、国語を勉強しているのよ。

中国語を意味するつもりで「國語（guó yǔ）」と言った母を、ずっと台湾で暮らしている叔母が可笑しがる。

――最近はもう国語なんて言わない。中文と言うべきよ。

私が二十二歳になる頃には、台湾人の母語は台湾語だ、と言う人たちの声がかなり大きくなっていて、もはや、喧（けたたま）しいほどだった。

あれからさらに二十年が過ぎる。

今も台湾では、政治活動や言論の自由が保障される社会で生きられる「幸福」や、母国の運命は自分たち一人ひとりの、その都度その都度の良心的な選択に懸かっている、と考えている人は多い。私の知る限り、少なくとも、この日本よりは。

日本で育った私は、自分は、はじめからずっと自由なのだと思っていた。

かつては暗い時代もあったが、それは昔の話で、世界の中でも日本ほど平和な国はないのだと思っていた。

――総理大臣なんて誰がなったって、どうせ同じじゃん。

――私一人が投票しても、大して変わらないでしょ。

他の人たちがそう言っていても、そんなものなのかと思っていた。

要するに、生まれながら自由なつもりでいさせられている日本の私たちは、自由を享受することについて、あまりに鈍感すぎた。

そのせいで、権力を占有した者たちが自らの権勢をほしいままにすることをやすやすと許し、この日本に暗い時代がひたひたと忍び寄るのを阻止するどころか、この期に及んで招き寄せているのだとしたら、こんな狂おしいことはないだろう。

私のものではない国で

出生地である台湾・台北を散策していても、小中高生の頃の自分が友だちと過ごした場所は見つけられないが、三歳のときから暮らしている東京では、今も、卒業した小学校付近を散策すれば、かつての同級生の実家をいくつも見かけるし、子どもたちが遊んでいる児童公園を通り抜けるときは、いつかの自分もここであんなふうに過ごしたことがあったなと懐かしくなって、その頃にいつも一緒にいた友だちの名前や顔が次々と浮かんでくる。

そんな幼なじみたちとは、縁日が訪れるたびに町の神社やお寺の参道に連れ立って出かけて金魚すくいや射的をし、おなかがすけばタコ焼きや焼きそば、夏には色鮮やかなシロップのかかったかき氷を食べ歩いた。

町でお祭りなどがあれば、同じマンションや町内で暮らすはっぴ姿の大人たちに導かれて、子ども神輿をかつぐ真似をさせてもらったこともある。

貰ったお小遣いをはたいて友だちとお揃いで買ったTシャツを売る古着屋や、好きだったドラマの主題歌のＣＤを発売日に買いに行ったレコードショップ、しょっちゅう入り浸った書店や雑貨屋などはもうみんななくなってしまったけれど、今もこの町には、三十年通っている美容室があるし、父親の跡を継いだ同級生が店主の店もある。

要するに私は、幼いときに「外国人」としてやって来て以来、この町で都市で国で、長い間、暮らしてきた。

正直、すっかり溶け込んでいると自分では思っている。

そのせいで私はふだん、自分もまた、この町の都市の国の圧倒的多数派である「日本人」であるのだと錯覚しているのだろう。

その分、自分が住むこの町や都市や国で何らかの「選挙」が行われるたび、私はまざまざと思い出させられる。

――おまえは我々とはちがう。おまえは我々とちがって日本人ではないのだ。

日本国籍を持たない私には、この国で暮らす他の大勢の人たちと同じように選挙で投票する権利がない。

そのことを自覚してからは、選挙が行われるたびに、所詮（しょせん）、票にならない自分の声は、声としてみなされていないのでは、と感じるようになった。

それは、この国で都市で町でどんな政策が実施されようと、おまえには関係ない、と宣告されているような心地とも言える。

けれども、私にも、この国や都市や町への愛着はある。可能ならば、「有権者」として、自分もその一員であるこの社会へのささやかな責任を果たしたいと思っている。

——そんなに投票したいなら、帰化すればいい。日本国籍を取得するほどの忠誠心もないくせに、日本の政治に口を出して欲しくない。

そう思う人たちがいるのは知っている。でも、私にはよくわからないのだ。一体、何に向かって、忠誠を誓えと？　それに、帰化さえすれば、本当にそれが示せるの？

——自分一人が投票しようとしまいと、大して変わらない。

——政治家なんて誰がなったって、どうせ同じでしょ。

選挙があったあと、その投票率の低さを突きつけられるたびに考える。

生まれつき日本の政治に口を出す権利を有しながらも、それを平然と棄（す）ててしまう大勢の人たちに、この国への「忠誠心」なんかあるの？

どっちなの？

初めての小説集は『来福の家』と題した。収録されている二篇とも、主人公は女性。

そして、台湾人である。

より正確に表現すれば、日本育ちの台湾人だ。台湾人の両親を持ちながら日本で育った人、と言ってもいい。

いつまでもカタコトの日本語しか話さない母親と、語学書の例文を丁寧になぞったようなデスマス調の日本語を話す父親のもとで育ちながらも、彼女たち自身が話す日本語は日本人のように流暢だ。

実際、家から一歩外に出ると、誰も、彼女たちを日本人でないなどとは想像しない。彼女たち自身も、ふだんは、自分が台湾人であることを忘れている。両親の「母国」である台湾に行けば、他の台湾人たちからは、あの子らは日本人みたいなものだよ、と言われる始末。実は台湾人なんだけどね、と心の中で思いながらも、はたから見たらまあ日本人そっくりなんだろうな私って、と感じている。でも初対面の人にむかって父親から引き継いだ姓を名乗れば、ご出身はどちらですか？　とか、日本語がお上手ですね、などと言われてしまう。たぶん、百回ぐらいは訊かれてきたのですっかり慣れっこだ。きっと私は、と小説の中の彼女たちは考える。

限りなく日本人に近い台湾人なんだよね。

主人公の年齢は、それぞれ十九歳と二十三歳。

こんな私って、台湾人なの？　それとも、日本人？

私の主人公たちが考えさせられているこれらのことは、十代後半から二十代半ばの時期の私自身が、ことあるごとに直面してきた問いなのだ。

私は、日本人なのか、そうでないのか？　もしそうでないのだとしたら、台湾人なのか？

その問いに対して、私が出してきた答えはもう一つやふたつではない。

質問のされ方や、聞かれている文脈によって。状況や、相手や、私自身のそのときの気分にもよって。

しょっちゅう「どっちなの？」という問いに答えさせられてきたので、ヴィスワヴァ・シンボルスカの詩集にある「差異の喜びと／より良きものへの賛嘆と／二者択一に狭められない選択と」という一文を初めて目にしたときは、心が清々しく揺さぶられた。

日本人か、台湾人か。あるいは、日本人か、そうでないか。

いいかげん、こんなつまらない「二者択一」に振り回されるのはよそう。私は私。日本人であるような、ないような。台湾人でもあるかもしれないような、そうではないような。そういう自分を、そのまま面白がればいい。

ところが東京オリンピックが強行されようとしていた頃、都内の某ホテルが館内のエレベーター前にそれぞれ「日本人専用」「外国人専用」と掲示していたことが発覚し、批判を受けて撤去したというニュースを見たときは、思わず声をあげて泣いてしまった。

エレベーターに乗ろうとして、「日本人専用」とあったら、私は咄嗟に二の足を踏むだろう。かといって、そのまま「外国人専用」のエレベーターに乗り換える気にもなれないはずだ。上にも下にも行けず、その場で立ち尽くす私はあいかわらず、子どもの頃からおなじみのこの「二者択一」を迫られたとき激しく動揺するようだ。なんて、面白い人生なのだろう。わかってるなら、泣いている場合じゃない。笑い飛ばして、ちゃんと怒るのだ。

おかえりなさい

ホームや故郷という言葉が話題になるとき、私のような境遇の人間は、複数の国と国の間で選択に迫られがちだ。

――で、結局のところ、あなたはどっちの国を、自分の母国だと思ってるの？

母国やホーム、故郷をどう定義するかは、人それぞれだろう。

しかし、私に限って言えば、自分にとってのそこを、台湾と日本のどちらか一方を選んだとたん、もう一方が遠ざかってしまうような、奇妙なさみしさがいつもつきまとう。

思えば私は、生まれた国のパスポートを身分証に、育った国への「再入国」を繰り返してきた。要するに、台湾への「帰国」と、日本への「再入国」を繰り返しながら大人になったのだ。

幼い頃は両親の保護のもと五つ年下の妹とともに、あるときは祖父母や親戚ともうじき会える嬉しい予感を胸に抱き、またあるときは従兄姉たちと楽しく遊んだ余韻を保ちながら、空港という場所で過ごした。私にとって「空港」とは、台湾（台北）と日本（東京）を結ぶ空間であるとともに、台湾のことを思いながら家族揃って過ごす幸せな時間そのものだった。

ところが二十歳を過ぎて、台湾人なのに中国語がまともに話せず、日本語しかできないというのに日本人ではないという自分の中途半端さを持て余すようになると、子どものときはあれほど心弾ませた空港で、私は複雑な心境に陥る。

まず、台湾の空港では「本国人」として「帰国」する身分ながら、母国語——中国語——が流暢でない自分が、妙に気恥ずかしく、本物の台湾人たちに対して何となく申し訳ないような気がした。

逆に日本の空港では、日本語以外の言語がほとんどできないという、限りなく日本人に近い自分が、「日本人」とはみなされず、どちらかといえば「外国人」に近い「再入国者」として、長年住んでいる日本に「入国」しなければならないことに疎外感を抱いた。要するに、日本と台湾のどちらの国に対しても私は、それぞれ別の理由で、自分の「母国」だとは断定できずにいたのだ。

そのような感覚を引きずったまま三十歳近くになったある日のこと。台北に数日滞在したのち羽田空港に戻った私は、空港の壁に「welcome」というアルファベットが綴られているのを目にした。すぐそばには中国語や韓国語、ドイツ語などでも同じ意味の文字が続く。訪日客に宛てて書かれたものなのだろう。何の気なしに数種類の文字をたどってゆくと、おかえりなさい、というひらがなが目に飛び込んできた。

英語や中国語、韓国語、他の言葉では「歓迎します」という意味の言葉が続いたのに、日本語の文字であるそれだけは、「よく帰ってきましたね」を意味する一言が書かれている。そう思ったとたん、えもいわれぬ安堵が私を包む。その新鮮な感情にしばし浸ったあと、そうか、自分は、日本に、というよりは、日本語に、帰ってきたのか。この感覚を獲得した瞬間、まさに希望が兆すのを感じた。

はたして私は、この感覚に導かれるように自分は日本語に住んでいる、と確信を深めていったのである。

今はもう、迷いはない。どこにいようとも、私の帰る場所は日本語だ。

私も日本人

日本語は、私のものでもある。

もしも私も、日本人の両親の子として生を享け、出生届が出されると同時に、日本国籍を所持する権利を備え、日本列島内に居住する「日本人」であったのなら、私はおそらく、こんなふうに何度も何度も、繰り返し、主張したりはしない。

そもそも、私が、右に挙げた条件すべてを満たす「日本人」であれば、こんなまどろっこしい主張をする必要はなかった。

私は確かに、今も多くの日本人が、「日本人」とはこういうものだと何となくイメージしている「普通」の日本人とは少しズレている。

親の片方どころか父も母も外国人だし、永住権はあるものの日本国籍はない。それでも人生のほとんどすべての時間を、私はこの国で過ごしてきた。

小学一年生のときに、自分以外は全員日本人である同級生たちと机を並べた教室の中で初めてひらがなを覚えて以来、読むことと書くことを積み重ねながら私は、日本語と一体化していった。常に、日本語を通じて、自分の思考や感情と向き合っては、その都度そのつどの自分自身について把握してきた。

やがて、身につきすぎてしまった日本語は、私を、自分は他の人たちと比べて何となく「普通」ではないと思わせるようになった。

何しろ、周囲を見渡せば、自分と同じように日本語を使っている人の大多数は、日本人の両親を持ち、生まれながらにして日本国籍を所持する「日本人」ばかりだったのだ。

誰かに、はっきりとそう教えられたわけでもないのに、私は「日本人」と名乗るには、自分はその条件を十分に満たしていないと感じていた。

つまり私は、自分が日本人と名乗るには何かが欠落していると思っていたし、この国の大多数を占める「普通」の日本人たちが、自分を日本人とみなさないのも仕方のないことだと考えていた。

あるとき、試しに声に出して言ってみた。

「私は日本人だ」

まるで、禁断の言葉を呟いてしまったような高揚感があった。続けてみる。

「私も日本人だ。私が日本人だ。私は日本人だ……」

声が、弾んだ。かつて味わったことのない解放感の中で、どうして今まで、この日本語を口にすることを私は自分に禁じていたのだろう？　と興奮した。

あのとき以来、私は、自分も日本人なのだと思うようになった（ただし、それと同じぐらい台湾人だとも思っている）。

こういう日本人もいる。こういう日本人がいる。

日本語で、そう呟くときの私はとても愉快である。

日本語は、私みたいな日本人がいたっていいよね、と思うに至るまで私を育ててくれた。

私も日本人である。

私が書いてきたことをずっと読まされてきたあなたにもきっと、この「発見」に辿り着いた私の喜びが伝わっていると信じている。

私のような日本人もいる。あなたとは少し「違う」けれど、私もまた日本人なのだ。

私のこの主張に積極的に賛同したいという「あなた」もいれば、渋々と承知する「あなた」もいるに違いない。

いずれにしろ、すでに「あなた」の隣には色々な私たちがいる。

2.

〈縛り〉をほどく対話

対談　私たちを縛る〝普通〟からの解放

後藤正文×温又柔

「真ん中」を生きる者たちの視界

後藤　温さんの小説『真ん中の子どもたち』を読んで興奮して、その後ですぐにエッセイ『台湾生まれ　日本語育ち』を読みました。本当におもしろかったです。たとえば、母国語と母語の違いとか。ご両親は台湾人で、温さん自身は日本で育った。だから、日本語で考えて日本語を話すけれど、母国語とは言い切れない。しかも台湾国籍について語る場合には中国との関係や政治的な問題もある。温さんの立っているところはとても難しいですよね、言語化するのが。

温　立ちながらつま先がプルプルしてます、いつも（笑）。

後藤　正直、僕にはうまく想像できない部分もあるんだけれど、だからこそ余計に興味深かったです。この本が狙っているのは、日本語だけにとどまらない、ものすごく大きなテーマなんじゃないかと思って。実は僕、芥川賞とかの選評を読むのが昔から好きなんですよ。〝ああ、この人はひどいこと言ってるな〟とか思いながら（笑）。

温　あはは。それなら、『真ん中の子どもたち』の選評もおもしろかったでしょう？　ものすごくひどいのが交じってたから（笑）。

後藤　この小説って、本文中に中国語が挟まれたり台湾語がカタカナでそのまま交じったりするじゃないですか。たぶん選評での心ない感想は、単純にそういうところで入り込めなかっただけなんじゃないかなって。僕も最初は戸惑いながら読み進めたんですが、そうした部分にこそ、引き裂かれている人たちのアイデンティティが表れているんだってわかったときにものすごく惹き込まれたんです。この時代にふさわしいテーマだし、これからの時代を生きる人たちみんなが直面する問題に繋がっていると感じました。

温　後藤さんがそう受けとめてくださること、ものすごく嬉しいです！　自分にとって自然な状態を言葉で表現しようと思ったら、そうならざるを得なかったんですよね。ただ、この書き方と出会うまでは時間がかかりました。私が読んできた日本の小説って九割以上は日本語だけで書かれていたんです。あたりまえだけど。でも、私が自分の育った環境を描写しようとすると、実は日本語だけではおさまらない。そういう自分の〝日常〟を小説をとおして自分以外の人に伝えたかったし、伝えることで分かち合いたかった。だから本来ならば、日本語だけでは言語化できない状況を、日本語そのものの幅を信じてどうにか言語化しようという、今思えば非常にアクロバティックな挑戦でした。

「日本人」イコール「日本語人」？

後藤　「音楽」をやっていても思うんですが、実際のところはなんのことなのかよくわからないですよね。たとえば僕自身は、自分のアイデンティティというものがどこにあるのかなって考えたときに、日本っていう国よりは、やっぱり日本語によって保証されているなって思うんです。日本語で物事を考えるから、っていう部分が大きい。だから、どちらかというと日本人っていうよりは〝日本語人〟みたいな感覚。温さんも、国家という概念に縛られない時代にもし生まれていたら、まったく考え方が違っていたんじゃないかなとも思うんですよ。

温　そうですね。今の状況って、私が自分としてはナチュラルに自分を表現しやすい言葉でしゃべってるつもりでも、非日本人だから非難されるっていうことがたまにあるんです。たとえば、〝日本はちょっと窮屈だよね〟と私がTwitterでつぶやくと、〝おまえが言うな〟とか〝外国人は黙ってろ〟みたいなリプが来る。

後藤　ひどいですね……。

温　こっちとしては自分も日本社会の一員のつもりでつぶやいた内容が、〝日本語〟イコール〝日本人のもの〟だと思い込んでいる方々からしてみたら癪（しゃく）に障（さわ）るらしく、〝外国人〟が日本の文句を言ってるように見えるらしいんです。だから最近は、何かあれば、自分のあいまいな境遇を利用しつつ、〝日本人ってなんだろう？〟っていうことを考えさせる余白を残すかたちでつぶやくようにしています。

後藤　そういうところに揺さぶりを掛ける文章って、今まさに必要だと思います。みんな、そこにしか寄り掛かるところがないかのように国家っていうものを扱いがちというか。〝国家とは何か〟っていう問いを、なぜかみんな持とうとしない。

温　大多数の日本人は、日本人としての自分のアイデンティティが何か揺るぎのないもののように思い込まされている気がします。国の話が出てくると思考が硬直して身構えちゃう。でも本当は、男とはこうあるべき、とか、学生はこういうものだ、とか一方的に決めつけられたら誰でも、いやだなあ、ってなると思うんです。他人が勝手に決めた何かのカテゴリーと生身の自分の感覚がそんなにすんなり合致するとは限らない。個人って複雑だし、ひとつの言い方だけでは表現しきれないものでしょう？　私が国と個人の関係はもっと自由なんだよと訴えるときって、根っこにそういう思いがあります。だからか、私の本を読んで元気になったって言ってくださる方って、他人から何かを押し付けられるのが嫌な人が多いんですよね。

後藤　なるほど、僕もそうです（笑）。つまり既成の感覚というか、概念みたいなものに揺さぶりを掛けてくれるんですよね、温さんの文章は。日本の学校って、ありもしない〝普通〟を養成して、ちょっと変わっている人間を弾く場所になってるじゃないですか。その先では排外主義とか、ヘイトクライムとも繋がっているような気がするんです。

温　そうなんですよね。日本の学校って、よくもわるくも〝普通〟を教え込む場所だなって思います。私にとってはそれが〝日本人〟と重なってしまった……自分の中の日本人っぽくない部分は普通じゃないというコンプレックスがありました。さらに言えば、日本語は日本語なんだからほかの言語が交ざったらおかしいとも思ってました。今の自分が、中国語や台湾語を織り込んだ日本語で書くのは、学校で学んだ〝普通〟の日本語の縛りから抜け出せたからです。

言語は「眼鏡」である

温　日本人には、自分の母語が日本語であることはあらかじめ定められた運命のように思っている人が多い気がします。だから私は、自分や祖父母が生きてきた道のりを書くことで、その運命が実はもっと偶然に近いものだっていうことを感じてもらいたいんです。こういうことを考えるとき、実は自分の中で象徴的だなと思う体験があって。それは自分が、ドラえもんが日本語でしゃべるのを、直接、聞きながら育ったということ！　だから私にとってドラえもんって大山のぶ代（よ）さんの声じゃないと落ち着かないんです。ドラえもんって台湾でも大人気でアニメも放送されてる。だから台湾で育っていたとしても、私はドラえもんが好きだった可能性はすごく大きい。ただしその場合、中国語吹き替えで聞いていたはずだから、今みたいに、ドラえもんの声といったら大山のぶ代でしょ、みたいな感じではなかったと思うんです。その逆がジャッキー・チェンで。私、ジャッキー・チェンは、本人の声よりも石丸博也（いしまるひろや）さんの声のほうがずっとしっくりくるんですよ。

後藤　僕もジャッキー・チェンは石丸博也さんの声じゃないとピンとこないです（笑）。

温　でしょう（笑）。私は台湾人だけれど、のぶ代さんと石丸さんの声でドラえもんとジャッキーを受容しちゃった。これはもう譲れません。

後藤　そうなんですよね。僕だったら、エディ・マーフィは下條アトムさんの声のほうがしっくりきますし（笑）。吹き替え版の声のほうが馴染んじゃったりすることってよくある。

温　今の自分は、大山のぶ代と石丸博也のドラえもんとジャッキーにリアリティを感じてるけど、それはたまたま私が日本で育ったからなんです。台湾で育っていたら、台湾のドラえもんや、中国語や広東語をしゃべるジャッキーのほうにリアリティを感じていたと思う。

後藤　それすごくいい指摘ですね。つまり、僕たちが日本語を使ったり、他の言語を選んでいる理由って、吹き替えの人がたまたまその人だったからっていうのと同じぐらいのことなのかもしれない。

温　そう。私は言語って眼鏡みたいなものだと思うんです。生まれたときにたまたまかけさせられた眼鏡が日本語だったり英語だったり中国語だったりするだけで、実は自由にかけ替えられるはずのものなのに、その眼鏡が一体化しちゃって、自分の裸眼みたいに思い込んじゃうのがもったいないなって思って。

後藤　でも多くの人は、複数の言語を行き来する機会がないからそのことに気づかない。

温　ええ。ただ、私も複数の言語を器用に行き来してる感じは全然なくて。むしろ自分は日本語だけで生きてるつもりなのに、中国語や台湾語がノイズのようにまぎれこんでくるのが嫌だった……でも、中国語や台湾語をたっぷり含んだ日本語こそが自分の言葉なんだと気づいたとたん、ノイズだと思っていたものが急に輝きはじめるんです。

後藤　それ、エッセイの中にも書かれてますよね。〝ちゃんぽんであることが私なんだ〟って。僕はそうした体験をしたことがないから想像しにくいというか、そこに感情移入はやっぱりできないんだけれど、だからこそいいなと思いました。

温　すごくうれしいです。たぶんこういうことって言語の話に限らないと思うんですよね。たとえば、ある基準から外れるというか、ずれてしまうようなことって誰の身にも起きることだから。そういうときに、自分の感覚を信じられるのならいいけど、基準のほうに従おうと無理してしまうことがある。私が普通の日本語を話すために台湾語や中国語をノイズとして排除しようとしたみたいに……。

後藤　なるほど。温さんの体験自体が比喩だよっていうことですよね。もっと広い場面に適用できることだっていう。たとえば、それはある種の宗教なのかもしれないし、いろいろなコミュニティの価値観だったりするかもしれない。

温　いっそ、自分自身がノイズになっちゃえば、同調圧力から逃れられて、楽になれるかもしれませんよね。

テンプレ化、スタンプ化する言葉たち

温　今の世の中ってSNSがすごく発達していて、誰でも自分の言葉を発信できる状況ではあるんだけれども、そのせいで、言葉を奪われている人がすごく多い気がして、危惧してるんです。たとえば、ネットで誰かや何かを批判してる人たちの言葉遣いって、どれも似たり寄ったりなんですよね。罵(ののし)られてる対象がひどく傷つけられているのは言うまでもなく罵ってる側もまたネット仕様に簡略化され

てゆき、そのせいで蝕まれているというか……。

後藤 なるほど、感情のテンプレートというか、スタンプみたいな感じですよね。

温 そうそう、そうなんです。自前の言葉を模索せずに、絵文字、スタンプといったあらかじめ用意されたテンプレートでイージーに自分を示しちゃう。だから他人との関係も雑にならざるを得ないし、怖いのは、テンプレートからこぼれ落ちているはずの自分自身の感情の細やかな部分も無意識に切り捨てているんですよ。そういう状況を見ていると切なくて。

後藤 それって〝言語って誰のものなんだろう〟っていう問題にも繋がると思うんです。ほんとは使う人のためにあるはずなんだけど……。

温 まさにそう。言語と個人の関係って、もっと繊細なはずなんです。そんな簡単に絵文字やスタンプに置き換えられるものではない。それで思い出したのだけど、以前、博多に行ったときに、ある年配の女性と話していたら、そのイントネーションというか口調が、台湾の祖母とどことなく似ていて懐かしくなったことがあるんです。

後藤 へぇ。

温 実は、日本統治時代の台湾に日本語を教えに行った日本人って、九州出身の方がすごく多いそうなんですよ。それで、博多でそのおばあさんと話しながら、私の祖母の国語の先生は福岡出身だったのかもしれないな、と考えました。日本と台湾の歴史を考えたときに、かつての日本が台湾人に日本語を学ばせたというのは本や資料を読めばいくらでも書いてあるけれど、そこにどんな感情の流れがあったのかまではわからない。私は博多でその方と話しながら、少女の頃の祖母がこういう話し方をする先生に耳を傾ける姿をはじめて想像して、言葉というものは抽象的なものではなく、もっとこう個人の人生経験そのものを反映しているものなんだなあ、と改めて痛感したんです。だから私は、言葉ってやっぱり個人と個人が触れ合うためにあると思うんです。日本人として、とか、台湾人として、とかではなく。

後藤　確かに言語って、とことんローカルな領域まで切り分けていけば、その人自身、つまり個人の領域まで分解できるはずなんですよね。だけど、みんな大きなまとまりが大好きだから、とりあえずどこかに帰属したがる。

温　そう。安全ですしね。その中にいれば晒されずに済むし。

後藤　そこが難しい。温さんのおっしゃるような次元まで分解していったら、たぶん他者に対する思いやりとか、もう少し敏感になって、結果的に良い方向に向かっていくんじゃないかなっていう感じはする。ところがSNSのように簡単に語ることができる場所が増えると、一方ではスタンプみたいな表現ばかりが使い回されてどんどん言葉がひとかたまりになっていっちゃう。

温　結果的に個人として発言することの難しさが増していくなっていうのを感じます。私に限っていえば、自分はこう思う、と言ったときに、発言そのものが吟味される以前の段階で、発言者は外国人だから、といった見方をされて、そこを批判されちゃうキツさがある。

後藤　向こうから勝手にやってきますもんね、カテゴライズ。

温　自分のコントロールの利かないところで、型に嵌められてしまう。最近は、そこを逆にはぐらかしたいなって。たとえば、〝外国人を差別するな〟とか〝多文化共生社会を目指そう〟とストレートに訴えるのは、言葉の使い方としてはある意味、簡単です。でも、こういう正しすぎる言葉に寄りかかっていると、初めはパワーがあったはずの言葉本来の輝きがどんどん鈍る。言葉に自分の実感が伴わなくなってくると、結局、自分を型に嵌めてくる人たちと同じなんじゃないかなって。だから、なんとか私個人が理想とする居心地よさみたいなものを、自分の言葉で積み重ね続ける方法はないだろうかって考えていて。

後藤　それおもしろい。自分が居心地よくいることが、何よりもそういう居心地悪さに対して抗うってことですもんね。

温　はい。でも一方で、そういう居心地悪さに自分で気がついていない方もまだたくさんいて。そこから引きずり出したら怒られるんだろうかって考えちゃうこともある（笑）。目覚めさせちゃったらどうしようみたいな。

後藤　なるほど。でも、それは引き裂かれていいと思いますね。ものを書く人の責任というか。誰かが書いてしまったばっかりに、〝私、居心地悪いチームに入っちゃった〟って感じる人もいるかもしれない。でも、誰かがそれを言わなかったら、それ自体がなかったことにされてしまう可能性もあるから。

日本からアジアへ広がる思考

後藤　僕も最近、〝魂の解放運動〟っていうのを勝手にやってるんです。とにかくみんな、それぞれに自由に楽しんでもらいたい。たとえば、日本のオーディエンスってコンサート会場でみんな同じように手を振るんですよ。でもそれについて僕が〝マスゲームみたいで不自由そうに見える〟って言うと、むしろ怒る人もいるんですよね、〝私は好きでこうやってるんだ、自由にやってるんだ〟って。

温　確かに、そういう人もいるでしょうね。

後藤　その一方で、海外のコンサート会場とかを回って比べてみると、やっぱり日本はなんらかの抑圧によって、みんながそうしてしまう状況ができてるんじゃないかとも思う。だから、もう少し大きい視点から解きほぐしたいって思うんだけど、言葉にして指摘するのがめちゃくちゃ難しくて。僕なりに考えた結果、誰よりもまず僕自身が自由に踊ってみせるっていうのをやろうと思って。最近はステージ上でも、感動したらとにかく変でもいいからちゃんと大げさに踊って、楽しくパフォーマンスしようって決めてるんです。

温　それはすばらしいですね。とりあえず、深く感じ入った自分をまるごと晒してみる。

後藤　温さんがご自身やご家族について書くのと同じですよね。やっぱりみんな人目を気にしてるんですよね。人のことも気にしてるし。

温　そうそうそう。ちょっと人からヘンと思われたら、それでジ・エンドみたいな風潮には抗いたいですよね。

後藤　ユニークっていいことなんじゃないのって僕は思うんですけどね。

温　まさにまさに。ユニークはとっても素敵なんです。でも日本だとたぶん学校に通ってるうちに、先ほどおっしゃっていたように、ありもしない〝普通〟を学ばされちゃう。だからこそ、ほんの一歩、別の文化圏に踏み出すだけでも、それまでの自分を縛っていた〝普通〟から解放されて楽になる人って多いんじゃないかなってすごく思うんですよね。

後藤　エッセイの後半あたりからずっとドキドキしながら読みましたもん。思考がアジア全体に広がっていくようなものを書いてみたいっておっしゃってましたよね。あれは是非やってほしいと思いました。それこそASIAN KUNG-FU GENERATIONっていうバンド名もそういう発想からスタートしてるんですよ。僕らなんか、たぶん外国に行ったら単に黄色人種として扱われるんだろうなって思って。だったらそれを逆手にとってアピールしてやろうって考えたんです。

温　日本の中だけにいると、たとえば私の場合は〝日本人じゃない〟っていう部分が誇大化してくるんだけど、ちょっと違う場所に身を置けば、単に〝日本で育った東アジアの植民地の子孫のひとり〟っていうふうに視野がまるっきり変わってくる。同じ自分のはずなのに。そういう、自分のことを肯定し直せるきっかけって実はいくらでもあるんだっていうことを伝えていけたらいいなと思っています。

◆後藤正文（ごとう・まさふみ）　一九七六年、静岡県生まれ。ASIAN KUNG-FU GENERATIONのボーカル&ギター。新しい時代とこれからの社会を考える新聞「THE FUTURE TIMES」の編集長を務める。インディーズレーベル〈only in dreams〉主宰。

対談　個人でいさせてほしい

田中宝紀×温又柔

自分は《日本語育ち》

田中　二〇一五年に私がSNSで発信した「外国にルーツを持つ子どもに、専門家による日本語教育を無償で提供したい」という目的で始めたクラウドファンディングでの資金集めを、温さんが見つけてくださったのが知り合うきっかけでしたね。

温　もう五年経つんですね。宝紀さんは「YSCグローバル・スクール」という、海外にルーツを持つ、主に子どもや若者のための教育事業をなさっている。

田中　事業は一〇年から行っていて、来日直後で日本語がわからない子から、日本で生まれ育って日本語しかわからない子まで、年間百二十〜百三十名ほどをサポートしています。私は資金調達も行っているのですが、一五年に文部科学省の補助金が打ち切られたため月謝制を導入することにしました。そうしたら、スクールに通って来る子どもたちの三割ぐらいは生活困窮世帯のため、来られなくなってしまって。

温　私は外国にルーツのある子どもたちが増えているのは知っていたものの、そのすべてが安心して日本語を学べるわけではないという現実を知り、改めてショックを受けました。

田中　温さんのご協力もあり、最終的には目標の倍近くの百六十万円が集まって。

温　そのころ私は、『台湾生まれ　日本語育ち』を出版する準備をしていたんです。台湾人として生まれながらも日本語という言葉を支えにしながら生きている自分を《日本語育ち》と表現しようと決めた時、宝紀さんの活動を知って、今、まさに日本で育ちつつあるすべての子どもたちが日本語を学べる環境を整える重要さを思い知りました。

田中　温さんの新刊『魯肉飯（ロバプン）のさえずり』を読んだのですが、主人公である桃嘉（ももか）の台湾人の母親、雪穂（ゆきほ）さんの話し方が、私が実際にお会いするお母さんたちと重なって、リアルな声になって響いてきて。

温　雪穂みたいにカタコトの日本語をしゃべるお母さんは、今この国にいっぱいいますよね。

田中　はい。暮らしている国の言葉が話せず、伝えたいことを伝えられない苦しみは計り知れません。たとえば中南米出身の方の話なのですが、日本語の力が十分でないため小学五年生の子どもが発達障害と学校から思われ、特別支援学級への転籍を勧められたケースがありました。学校との面談には通訳はおらず、親は「日本語学校のようなもの」と理解して、転籍を了解してしまって。後になってそうじゃなかったと気づき、普通学級に戻してもらおうと学校側と交渉を重ねるもうまく伝わらず、保護者がクレーマー扱いされてしまったということがありました。

温　そんなことが……

言葉の問題で親子関係に亀裂が生じてしまうケースも

田中　また、桃嘉のように日本で長く暮らし、日本語を読み書きできる子は、親の言葉である母語を発達させるのが難しいことが多いんです。母語がわからないまま、親と自分の言葉が違う環境で暮らすことになるため、葛藤が生まれてしまう。言葉の問題で親子関係に亀裂が生じてしまったケースも見てきました。日本語でのコミュニケーションがうまくいかないため、親子げんかも過度に発展してしまうことがありますしね。

温　子どもにとっても親にとっても、互いに言葉が通じないのは非常に苦しいことです。また、子どものほうが日本語の上達が早く、そのせいで文化や言葉の違う異国で奮闘するお母さんを幼い子どもが支えなければいけないこともあったり。

田中　私の祖母も日本語を母語としない外国出身者で、たどたどしい話し方をしていたんです。当時の私は祖母をけむたがってうまく関係が築けなかった。それが解消されないまま亡くなってしまったので、後悔が残っています。

温　私も身に覚えがあります。いつまでたっても日本人のようには日本語を話せない外国出身の親を持つ子どもたちに、そのことを恥ずかしいと思わせる空気が、二十年、三十年後にはすっかりなくなってほしいなと思う。

田中　日本には今もまだ、親や自分自身が外国人であることを恥ずかしいと感じさせる現実がありますよね。「お前の母ちゃん、外国人だろ？」「日本語おかしいな」「だから頭悪いんだろ」などの言葉を投げかけられれば、子どもたちは外国にルーツがあることを誇れるわけがない。でも、「すばらしいね」と言ってもらう必要もないんです。

温　普通にいさせてほしいだけなんですよね。

田中　ほかにも、お母さんが作ったお弁当が日本風じゃないからと、学校では隠して食べなきゃならないなんてことも。なぜそうしなくてはいけないのかといえば、「違う」ことに対して、強烈な違和感を抱く日本人の子どもたちが異端を排除するからです。

温　たぶん日本人の子どもたちも、必死なんでしょうね。それほどこの国の同調圧力は強い。今は大人もほとんど余裕がないから、日本社会はどんどん異物を排除する方向に向かっていますよね。

田中　そのしわ寄せが、より弱き者に向かってしまう。日本に暮らして日本に根づいているのに、なぜ社会の一員として認められないのだろうかという、言葉の壁を越えた先にある心の壁があまりにも高すぎる。それが海外ルーツを持つ人たちの前に何重にも立ちはだかっています。

個人でいさせてもらえないことが問題

温　『魯肉飯のさえずり』では、日本社会の《普通》と呼ばれる世界を象徴する存在として、桃嘉の夫・柏木（かしわぎ）とその家族を書きました。

田中　桃嘉が作った魯肉飯（台湾風の豚肉煮込みご飯）に、「こういうの日本人の口には合わないよ。

ふつうの料理のほうが俺は好きなんだよね」と柏木が言う場面がありましたね。

温　柏木は「自分にとってのあたりまえが誰にとってもあたりまえなのだ」と信じて疑わない人間として描きました。いや、疑わずに済む人間と言ったほうがいいのかな。だから自分の口に合わないと言えばいいのに、日本人の口に合わないと言ってしまう（笑）。母親が台湾人だからといって桃嘉が台湾人を代表しているわけでもないのに。

田中　そうですね。

温　実は私も子どもの頃から「台湾人としてどう思う？」と言われることがよくありました。日本にいると日本人でないことはめずらしいせいか、いつのまにか台湾を代表させられるんです。本来、人間は自分しか代表できないはずなのに。お願いだから、国を背負わせないで、個人でいさせてと思ってしまう。

田中　「○○人は」のような大きな主語は、なにか問題が発生した時に「だから○○人は」などと、悪く作用することがありますね。

温　そうなんです。「○○人」と言っても人によって全然違うのに。いろいろな日本人がいるのと同じですよね。そのことで言えば、日本人とは、日本人の両親がいて日本国籍を持ち日本語を話す人のことで、その条件が一つでも欠けていたら、日本人として完璧ではないと思っている「日本人」はいまだに多い。たとえば私が「温です」と名乗ると、「日本語がお上手ですね」と言ったり。まあ最近は、そう言われたら「あなたも上手ですよ」と返すんですが（笑）。

田中　あはは（笑）。「普通」とか「日本人」の概念を更新していかないといけない。

温　だから『魯肉飯のさえずり』では、こんな日本社会で、自分のことを疑うことなく、自分を普通だと思っている人として、柏木という人物を造形したんです。

田中　なるほど。これからどうやったら、柏木の世界と桃嘉や雪穂の世界が交わるのかな、と物語の先も考えてしまいました。

間違えて言ったものは正していけばいい

温　以前、私の本を読んで「中国の女性と結婚した甥の一家を思い出した」とおっしゃる方がいました。親族に外国出身者がいたり、別の文化を携えている人が身近にいるのは幸運なことです。自分の「普通」が誰にとっても普通とは言えない、ということに気づけるチャンスですから。

田中　今は技能実習生の方を中心に、地方のほうが海外にルーツを持つ人たちの急激な増加を実感することは多いのではないでしょうか。そうしたなかで、たとえばコンビニで働く留学生に声をかけてみてはどうでしょう。出会うこと以上に、気づきをもたらすことはありませんから。その時に「あの人は○○人」じゃなくて、「コンビニで働く○○さん」と、名前で出会うのが大事だと思います。

温　名前はその人が生きている、その人と出会っている自分を意識するキーワードになりますからね。名前と向き合うって、個々の人間がこの場で共に生きる意思表示として大事なことだと思います。

田中　本当にそうです。

温　それと、うっかり差別をしてしまったとしても、それでおしまいではなく、ちゃんと取り返しはつくんだということを強調したいなと思うんです。反省して、繰り返さなければいいのだから。むしろ、差別者呼ばわりされたくないあまり、自分が差別なんかするはずない、とか、あんなのは差別とは言えない、と突っぱねるとかえって話が進みません。

田中　差別してしまう可能性のある自分を意識することは、大事なことですよね。支援者の方に「『外人』って使っていいの？」「『ハーフ』って言っていいの？」とよく聞かれますが、「本人に聞いてみてください」と言います。「外人」はもう一般的に使いませんが、「ハーフ」「ミックス」「ダブル」など、その人が自身をどう思っているのか、呼ばれたいかを聞けば間違いないですよね。いわゆるダブルでも、当人は日本人だと思っている子もいるし、それぞれに考え方がありますから。

温　名前で呼ぶのと同じですね。

田中　聞いて怒られたことはありません。なんでも十把一（じっぱひと）からげにするよりずっといいですよ。

温　「ハーフ」にしろ「ダブル」にしろ、絶対に正しい言い方があるわけではない。それ以前に、「○○人」とか「日本人ではない人」といった調子で、目の前にいる生身の人を雑に括（くく）ることのほうが問題ですよね。やはり出身国やカテゴリーなどではなく、名前のある人として目の前の人と向き合おうとする態度を保つのが何よりも大事な気がします。

田中　一朝一夕には変わらなくても、海外にルーツを持つ人に出会った時に親が前向きに捉えて、子どもに伝えることでも変わっていけると思います。

痛みを引き継がずにバトンを渡していく

田中　海外にルーツを持つ子どもたちは、「お前は普通じゃない」という声に出会うと、「普通って何だろう？」と考える前に、普通じゃない自分をなんとかしようとして親を恨む方向にいきやすい。それを「そうじゃないよ」と言って支えてくれる学校の先生とか、日本語ボランティアに出会えることは大きいと聞きます。

温　確かに悩んでいる時に、「あなたはあなただから」と言ってくれる人がいるのはすごく大きいです。

田中　「今は迷っても、違う世界が待っているよ」と言ってくれる、アライ（味方）が増えていくことが大事ですね。それと、前向きなメッセージを世の中全体が発信していくことも重要。たとえば最近のバービー人形は、体形もいろいろで、肌の色が違ったり、車いすに乗っていたり。私たちが生活するなかでなんとなく受け取るメッセージに多様性があるのが望ましいと思います。私は強烈な変革より、じわじわと三十年後を見据えて変化を起こしていきたいです。

温　おっしゃるとおりです。もっといろんな《普通》が世の中に溢れていてほしい。何しろ私は、とにかく《普通》の日本人になりたくて仕方なかったんですよね。自分が普通じゃないなら、普通にならなくちゃ、と。でも、そうやって自分で檻（おり）を作っていただけでした。いろんな《普通》があると知った今は、見えない檻の中で誰かが息苦しそうにしていると、そこから出たらもっとラクになれるよ、と言ってあげたくなる。

田中　いろんな人に出会えば出会うほど、自分は檻の中にいたんだなとわかりますよね。日本の女性も同じだと思うんです。私もそうですが、女性は結婚して名字が変わったり、夫の家という異文化に接触したり、妻や母という役割で生きていくことが多い。そのなかで「自分は誰なんだろう?」とアイデンティティが揺らぐ経験をなさっている方も少なくないですよね。だから、何かきっかけがあれば、気づきが起こりやすいと思います。

温　複数の役割を必死で生きるうちに本当の自分がわからなくなって苦しい、といったアイデンティティ問題って、案外、誰もが少しずつ経験している。でも、自分が我慢すればいいんだと思わないで、声に出すことで自分と同じ境遇の人や、次の世代がラクになれると信じて変わっていきたいですよね。

田中　はい。痛みを引き継がずに、前向きに次世代にバトンを渡していくことが大事だと思います。

温　ほかの人たちが手放そうとしない痛みを、自分まで抱え込むことはない。そのほうが自分を縛っていたものから自由になって、今よりも見晴らしのいい景色が見えるはずです。

田中　それが自分の名前で生きていく、ということですね。私は日本代表じゃないですから。

温　○○さんの妻とか△△ちゃんのお母さんじゃなくて、自分自身を代表すればいいんですよね。そうしたら他人のこともむやみに大きな主語で括らないはず。自分を尊ぶことができれば、他者を尊重できると思うんです。

◆田中宝紀（たなか・いき）　一九七九年、東京都生まれ。ＮＰＯ法人青少年自立援助センター定住外国人子弟支援事業部責任者。十六歳で単身、フィリピンのハイスクールに留学。フィリピンの子ども支援NGOを経て、二〇一〇年より現職。「YSCグローバル・スクール」を運営するほか、日本語を母語としない若者の自立就労支援に取り組む。二〇年度文部科学省「外国人学校の保健衛生環境に係る有識者会議」委員、二二年度文部科学省「中央教育審議会初等中等分科会」臨時委員、「日本ユネスコ国内委員会」委員。著書『海外ルーツの子ども支援　言葉・文化・制度を超えて共生へ』。

対談 私の言語を探して

イギル・ボラ×温又柔

二つの世界を行き来する

ボラ　私は、ろう者の両親の元に生まれたことがストーリーテラーとしての先天的な資質だと信じて文章を書き、映画を撮っている者です、といつも自分を紹介しています。私の本に関連したイベントを日本で行うのは、今日が初めてなんです。やはりコロナの影響で規模が縮小されてしまったのが残念ではありますが、でも安全が何より大事ですので、このようにオンラインでも皆さんに楽しんでいただければと思います。先ほど、温又柔さんと事前にお会いして少しお話ししたんですが、私のこの本『きらめく拍手の音』はろう者の両親の元に生まれたコーダの視点で書いた本ではあるものの、障害者と非障害者の間にある文化について語っているだけではないのです。それだけの物語ではないと思っていますので、今日、温又柔さんと一緒にそのことについてお話しできることが一番の楽しみです。

温　今私、喋(しゃべ)っているボラさんの顔を見ながらウンウンうなずいてるので、あれ、韓国語がわかってるのかな、という美しき誤解をされてる方もいらっしゃるかと思いますが、私はいつかちゃんと勉強をしたいとずっと思いながらも今はまだ韓国語が全然できないんです（笑）。ボラさんの本を読んでいると、手で話す人たちって、喋るときにお互いの表情をものすごくしっかりと見て、コミュニケーションすると書いてあります。なので今日は私も、唇の代わりに手で話す人たちにならって、根本（ねもと）理恵（りえ）さんが日本語に通訳してくださるのを待ちながら、韓国語で喋っているボラさんの表情をしっかり見たいと思ってきました。

ボラ　いつも私は、いろいろな言語の間に立って生きてきたわけなんですが、私が知っている言語もあれば、そうではない言語もあります。そのなかで、今日はちょっと混乱しています。……というのは、隣に手話通訳の方がいらっしゃるんですが、私は話をするときに手話通訳の方が見えないんですね。日本語と韓国語の手話は60～70パーセントくらい似ていると言われています。そして、私自身は日本語の勉強もスタートしたので、右の耳では日本語もちょっと聞こえるんです。左の耳では韓国語が聞こえる。そういう複雑な環境に今おかれています。そのなかで、ベストを尽くしたいと思います。

温　はい。今みたいな、日本語なら日本語、韓国語なら韓国語とその場にいる誰もが同じ一つの言語を理解しているのではないような状況は、不便と言えば不便なんですよね。すぐに通じない、っていうことでは。ただやっぱりこういう風にそれぞれの文化、それぞれの内面世界を持っている人たちが同じ場所に集っているという状況を、みんなでこうして体験する経験っていうのが、たぶん、今のこの世の中ではわりと少ないので、私としては、ボラさんと語らうためには、自分とボラさんがいるだけでは成り立たず、間に手話の通訳の方、韓日通訳の方も含めたちょっとややこしい状況になってしまうこと自体を楽しみたいなと思っています。

……その話のつながりで、この本のことに触れたいんですけれども。聞こえる文化と聞こえない文化の間を行き来しながら育ったというボラさんの話が、私の育ってきた環境とも、もちろん完全に同じではないんだけれども、けっこう重なるところがあります。私が最初に喋れるようになった言葉は、今喋っている日本語ではなく、台湾人である親たちが喋っていた中国語と台湾語が混ざり合った言葉でした。そういう状況で、私は三歳児のときに、東京に来ました。家の外は日本人ばっかりなので、日本語を喋る方がすごく多くて、特に幼稚園に行くと、もう幼稚園の世界ってほんとに日本語しか通じない。で、家の中では親が喋る日本語じゃない言葉がいつも聞こえて自分でもそれを喋れたのに、一歩家の外に出ちゃうと、そういう言葉を使うと誰もわかってくれないから、友達や先生に自分の意志を伝えるために、一生懸命、日本語だけを喋るようになりました。これは、仲良くなるために、っていうポジティブな面ももちろんあったんですけれども、やっぱりもう一つは、仲間はずれにされないように、っていう、割とこうネガティブな圧力も感じていました。だから当時のことを思い出すと、世界が二つあったという感じなんですよね。家の中と、家の外という二つ。それは、何を言っても通じる世界と、日本語を言わなくちゃ何も通じない世界という意味で。だから私もまた、四歳、五歳ぐらいの頃から自分は二つの世界を行き来しているのを感じていました。それがあるからか、「聞こえる文化」と「聞こえない文化」の間で生きているというボラさんの本を読んでいると、自分の経験とすごく似ているなと思うところがたくさんあって、ちょっと他人事に思えなかった。もちろん似てるところがあるからといって、まったく同じではなくて、むしろ全然違う部分もたくさんあります。だからこそ、自分とボラさんの似てるところと違うところを丁寧に見てゆきながら、複数の文化を最初から生きなくてはならなかった子ども同士としてもお話しできたら楽しいなと思っています。

「どうして」に答えることは、マイノリティの義務なのか

ボラ　温さんの作品は、なかなか韓国で翻訳されたものがないんですけど、私が拝読したのは、短編小説二作品です。「あの子は特別」と「日本人のようなもの」という作品が翻訳されていましたので、読ませていただきました（「季刊アジア」第56号2020春「계간 아시아」제56호2020봄に掲載、すんみ訳／『空港時光』〔河出書房新社〕所収）。これを読んで感じたのは、日本の社会にも、日本語とは違う言語の環境の中で生まれ育つ子どもがいたんだということ。そして、日本に住んでいながら母国語ではない日本語で小説を書く人がいるということ。しかも温さんは、ご自身の経験を反映させて小説を書いている作家だということを知りました。多様な文化を、作家として伝えてくださっている温さんと一緒にお話しできることが、本当に楽しみになりました。

（短編小説のなかで）子どものときのお話を書かれていたんですが、「台湾の人なのに、中国語ができるの？」っていうことをたくさん聞かれたり、「台湾の人が、みんな台湾語が話せるの？」という質問をされたりしたそうですね。実はそれと似たような質問は、私も子どもの頃からたくさんされてきたんです。例えば「あなたの両親は、手話ができるの？　できないのに聞くことができるの？」って聞かれたり、「聞こえないふりをしているんじゃないんですか？」「どれくらい聞こえないの？」「口

の形を大きくして話せば聞こえるの？」……。そんな質問を、子どもの頃から本当に浴びるようにされてきたんですが、それは障害に対する「偏見」であるということと同時に、違う文化に対して閉ざされた社会があるということを物語っていたのではないかと思います。韓国社会と日本社会だけの話ではないですよね。この地球上に人間が生きていくために作っているものが文化であるなら、社会の中に存在する様々な文化、自分とは違う文化、つまり多様性というものがもっともっと増えて広がっていく必要があると思います。

温　はい。本当にそこは『きらめく拍手の音』を読んでいて、すごく感じたところなんです。ボラさんは、自分は書く、書くことで自分になろうとしたっていうふうにお書きになっていますよね。ボラさんは、私は私であり、それ以上でもそれ以下でもない、という。それを追究するために自分自身を表現するのだと。ボラさんがおっしゃってくださったように、「あの子は特別」に書いたとおり、私も子どもの頃から、たくさん質問を受けてきました。友達から「へえ台湾から来たんだ。台湾って何語喋るの？」と聞かれると、必ずしもイヤではなくて、すごく嬉しいときもある。きっと自分は他の普通の日本人とちがって特別な存在なのだと誇らしくなったりしてね。ただ、同じような質問に何度も何度も答えてゆくと、だんだんウンザリしてくる。それでも、自分は普通の人とはちがうから、そういうことを説明する義務があると思いこんでて、いつも一生懸命答えていました。でもよく考えたら、「なんでみんな私にばっかり聞くんだろう？」「私に聞く前に、もう少し、他の人たちも自分で考えてくれたらいいのに」と思うんですよ（笑）。だって、私に答えさせなくても、ちょっと調べれば済むことだってたくさんあるんだから、と。

小説家になってからは、私の本を読んで、他の人とはちょっと異なる私の生い立ちに興味を持ったり、そんなふうに育った私の話を聞きたいと願ってくださる方々に招かれて、話をするという機会がぐっと増えました。すごくありがたいことです。でも、たとえば日本で育った台湾人として、とか、外国人の親を持つ立場として話をする経験を重ねるうちに、なんだか私、また、同じことを話してるなあ、と思うことがだんだん増えてゆきました。これって、私が一から説明しなければならないことなのかな、とも思ったり（笑）。

私には、自分の話を聞いてもらえるという権利があって、その権利を、特に小説家になってからは、たぶんかなり行使している。でも、その権利以上の義務を、つまり、何もかもをはじめから丁寧に説明しなくてはならない義務を負わされていると感じて、クタクタになることがあるんです。自分の話をさせてもらえるありがたさ、と、自分の話をしなければならない負担は表裏一体で、それをどう受け止めたらいいのだろう、と。『きらめく拍手の音』でボラさんも、自分のような経験をしていない圧倒的多数の人たちを相手に、ご両親を含む自分自身の境遇などを説明することを繰り返して、どんどん疲れていって、とお書きになってましたよね。その部分を読んだとき、自分と重なったのもあって、とても胸が痛んで、まだお会いしたことのないボラさんをぎゅーっと抱きしめたくなりました。

ボラ　私もこんなふうに本を書くことで、私が見てきた世界を紹介してきました。私が見てきた世界というのは、ろう者の世界。私にとっては平凡な世界です。それを文章にしたり、映画を作ったりして伝えてきたんですね。それを見てくださった方が「こういう世界があったんですね！」と驚いてくださったり、「こういう美しい世界と出会いました」と言ってくださるのはとても嬉しいんですが、でもそういった感想は、もうなくてもいいのかな？　って思ったりもするんです。「ろう者の人に会ったらどうしたらいいんですか？」っていう質問は、善良な質問ではあるんですけど、もうそろそろこういった質問は、しなくてもいいときに来ているのではないかな？　とも思います。なぜかというと、例えばろう者に会ったときに挨拶をしたいと思ったんだけど、「こんにちは。会えて嬉しいです」っていう手話がわからないとしますよね。でも、じゃあ携帯電話を取り出して、「こんにちは。会えて嬉しいです」とメモに打ち込んで伝えればいい時代になっていますよね。韓国でこの本を読んでくださった方の中には、「どうしてボラだけが手話を覚えて、通訳をしなければならないのか」「ボラがそうするのではなくて、自分たちもちゃんと手話を覚えた方がいい。もっと学んでほしい。ボラだけに手話を使わせなくてもいいのではないか？」と言ってくださる方もいました。

温さんも似たような経験をされていると思うんですけど、多数の方は「どうして？」っていう善良な質問をたくさんしますよね。でもそれを受ける少数側の人々は、それに必ず答えなければいけないという、社会の構造があると思います。つまり、そこにはなんらかのパワーがあると言えますよね。

温　おっしゃるとおりです。であるからこそ、こういう社会の構造、私の場合は、日本で育った台湾人という、自分とほぼ等身大の立場の主人公を書くことで、私にはあたりまえだけれど、多くの人たちにとってはなじみのない世界を小説として書いて、それを読んでもらって私のことを知ってもらいたかったのだと思います。ただ、それは本当は一回で十分なはずなんです。作家としては、もうすでに一回書いたことを繰り返しても、別の小説にはならないから。もちろん、一回の中で書ききれなかったことを書くという意味ではモチーフやテーマは繰り返すこともあるだろうけど、アプローチの仕方まで同じでは、ただの自己模倣や縮小再生産にしかなりませんよね。私はそういう作家ではいたくないんです。もっと成長したい。

とはいえ、あいかわらずこの社会は少数者にとって非常に暮らしにくいなとは感じていて、それで、そういうテーマで何冊かの本を書いた小説家という立場として、この社会に対して異議申し立てをする権利が自分にあるなら、積極的にそうしていかなくちゃという思いもあり……さて、この二つの感情をどう両立させようかと。ちょうどこの一、二年ずっと考えていたので、ボラさんが私に先んじて、そのことに格闘なされた形跡を読んで、すごく励まされました。

ボラ　その点は、本当に大事なことですね。小説家である以上は、小説家として語りたいことってあると思います。私も作家として書きたいものがたくさんあるし、映画監督として撮りたいものもたくさんあるんですが、例えば文章を書くときに、はじめに「私はコーダです。ろう者の両親の元に生まれたコーダです」と、「コーダ」という単語を用いて自己紹介の文章を書きだすことになりますよね。もし、皆さんがコーダという存在を知らず、コーダというものがどういった経験をしたのかわからないのであれば、その後もずっとそれについて書き続けなければいけない。だから、社会が私たちを理解してくれなければ、社会がコーダを認知してくれなければ、コーダとしては、やはり同じ話を繰り返すことになりますね。コーダの中にも多様性があって、実にいろいろなアイデンティティがあるわけです。でも社会が変わらない限り、やはりコーダは同じように「コーダとは何者か」ということばかり、繰り返して話すことになります。

私は、映画を作ったり、文章を書いたりしていますが、それらの行為というのは、それを見てくださる観客の皆さん、読者の皆さんと一緒に「呼吸をすること」と同じだと思っています。社会がよりよくならなければ、深い話をしてもなかなか理解してもらえないと思うんですね。なので今日このように温さんと対談をしているのも、やはり皆さんとよりよいお話をしていくために、より深いお話をしていくために、必要な場だと感じます。

温　社会がよりよくならなければ……まったく仰るとおりです。だから、今日もこうして皆さんの前でボラさんとお話しできるのが改めてとても嬉しいです。

「唯一」ではあるが「代表」ではない

温　その意味でも私は、今日というかけがえのない機会を、「異なる文化と文化のあいだで生きてきた私たち、それぞれ大変だったね。重なるところがたくさんあるね」とボラさんと共感しあって、ハイ、おしまい、としたくはない、というか、そうなってしまったらすごくもったいないと思っています。ボラさんはコーダとして、私は外国人として、自分たちが生きている社会の中の「少数者」として育ちました。そのせいかそのおかげか、「多数者」にとって何の不自由もない社会が、自分や、自分に似た境遇の人たちにとっては、それほど自由ではないことを知らずにはいられません。だからこそ私も、たぶんボラさんも、自分が今生きている社会がよりよい状況になるのを活性化する言葉を自分で見つけたいっていう気持ちが強いのだと思うんです。

ボラさんの映画を私はまだ拝見できていないのですが、きょうもこちらにいらっしゃっている矢澤浩子（ひろこ）さんが翻訳なさった映画と同タイトルの『きらめく拍手の音　手で話す人々とともに生きる』を読むと、ボラさんが日本の読者に宛ててお書きになったように「新しい文化と遭遇する豊かさ」を感じます。それはきっとボラさんが、よりよい状況のために考えよう、と促してくれるからなのだと思うんです。たとえばこの本でボラさんが、「父は『代表』と『唯一』を時々混同することがあった」というエピソードが私はすごく印象に残っています。アメリカのラスベガスで開催される「デフ・ワールド・エキスポ」に行くとき、ボラさんのお父さんは、段ボールや大型キャリーバッグにぎっしりと詰めたものすごい大量の荷物を持って行こうとする。ボラさんが予感していたように、航空会社からはもちろん「超過料金を払わなければこんなにたくさん載せられない」と言われちゃうんですよね。それでもお父さんはひるまず、世界中のろう者が集まるエキスポに韓国代表として参加するのだから優遇してほしい、とあくまでも主張する。航空会社との交渉はもちろん娘であるボラさんにやらせるんですが（笑）。

ボラさんは書いています。「実際韓国から誰も参加する人はいなかったので、私たちが唯一の韓国国籍の参加者だったのは確かだが、『代表』という立場で参加するわけではなかった」と。

この箇所を読んでいて、確かに、「唯一」と「代表」って混同しやすいのかもしれないと感じました。たとえば、何らかの少数者がみずからの経験を語ると、大多数の人とは異なるその人の経験や考え方、感じ方などが、その人の「属性」の個性とダイレクトに結び付けられて、その「属性」を「代表」させられてしまうようなことがよくあります。でも、その人の個人的な経験は、その人にとって「唯一」のものではあっても、その人と同じ「属性」を持っているすべての人たちを「代表」しているとは必ずしも限らないんですよね。こんなことを、今、私が話すのは、私がそれを混同したくないという気持ちが強いからなんです。

たとえば、私が書いたものを読んだり、話したことを聞いてくださった人たちが、なるほど、台湾人ってそういうふうに考えるのか、とか、外国人として育つとそう感じるのか、と言ってくれることがある。でもちがうんですよね。私は別に台湾人や、外国人として育った人たちを「代表」しているわけではない。台湾人であったり、外国人として育ったという自分の「唯一」の経験を書いたり話したりしてるだけなんです。だから、カタコトの日本語を話すお母さんがいて、そのお母さんとこういう関係を築いてきて、みたいなことを私は書いてきたし、これからも書くことはあると思うけど、それはあくまでも私と母のことであって、他の、外国出身の母親とその子どものことを「代表」して書いているとか、そういう意識はない。逆に、自分がそういう意識を持つようになったらおしまいだなと思います。私は究極的には私自身しか「代表」できないので。これは、さっきボラさんが、「コーダ」と一言で言ってもその内実は豊かで、複雑であるとおっしゃったこととも繋がっていると思うんですよね。

ボラ　それとちょっと似たようなお話になるんですけども、今日のこのトークの前に、別のコーダの方とお話しする機会があったんですよ。今、この場にも座ってこのトークを聴いてくださっています。コーダとして私は映画を撮っていますし、本も書いています。だから「コーダとしてのイギル・ボラ」の存在をまず皆さんに知っていただいたわけですが、でもコーダと言っても全員が同じ経験をするわけではないんですね。コーダの中にはポジティブなアイデンティティを持っている人もいればネガティブなアイデンティティを持っている人もいますし、その中間あたりにいらっしゃる方もいます。それから、最初はネガティブなアイデンティティだったんだけれどもポジティブなアイデンティティに変わった人、または最初はポジティブだったけれどネガティブに変わった方もたくさんいます。さらに、私の両親は手話を使うろう者なんですが、中には手話を使わずに口語で、口でしゃべる方法で話をするろう者もいます。それから、両親がろう者だという理由で、祖父母に預けられたり育てられたり、親戚に育てられたりするコーダもいます。そして、手話はわからないという人でも、家族間でホームサインというものを使う場合もあるんですね。日本語の手話や韓国語の手話とはまた少し違うんですが、家の中で通じるホームサインを使いながら会話をする、ろう者とコーダもいます。その経験は人によって様々。

……なので、私の経験が必ずしもコーダを代表しているものだとは言えません。本の最初にも書きましたけど、本当に様々なコーダがいるわけで「あ、ボラはこうだったけど私は違うコーダだ」という感じです。ですので、先ほどこのトークが始まる前にお会いしたコーダの方にもお伝えしたんですが、本当に様々なコーダがいるので、それぞれ自分のアイデンティティについて話したり、文章を書くことでも、もっともっと彼らひとりひとりのことを紹介していけたらいいなと願っています。そうすることによって、きっと多くの人がその多様さを知ることができるんだと思います。「ああ、あのコーダはこうなんだ」「自分はコーダなんだけど、あのコーダとは違う経験をしているんだ」というふうに、似ているんだけれども完全には同じではないとわかるわけですし。世界には、韓国人である、コーダである私＝イギル・ボラとまったく違う経験をしている人たちもいますし、それは日本の人た

ち も同じ。フランスの人たちも同じですし。そう考えると、国籍とか性別とか地域によって人を判断したり、アイデンティティを作ることはできないですね。

自分自身のストーリーを回復する

温　この本の冒頭に、ボラさんが友人から「コーダ」という単語を教わる場面が出てきます。ボラさんは、ろう者の両親から生まれ育った聞こえる子どもとしてずっと生きていたけれど、そういう境遇をあらわす単語があることは二十一歳になるまでは知らなかったんですよね。それまでのボラさんは、まさにひとりきりで、ろう者の親を持つ自分の経験と記憶を背負っていたけれど、そこからは、「コーダ」の一人として、自分と同じような立場の人とその経験をシェアするようになります。ボラさんの本は、そういう、かつてのボラさんのような、コーダという単語を知らずにいるコーダたちに、あなたはひとりじゃない、と教えます。でも、ただそれだけじゃなくて、私はこういう体験をしてこんなふうに生きているコーダだけど、あなたはどう？　と呼びかけてもいる。あなたは私たちの仲間だ、でもあなたは私のようでなくてもいい、という願いが込められているからこそ、ボラさんの本はとても豊かなのだと思います。

私は日本で育ったので、文字の読み書きは日本語で覚えました。逆に言えば、中国語は読めないので、子どものときからずっと、日本語の本ばっかり読んでいました。そうやって日本で、日本語で本を読んでいると、出てくるのは、ほぼ日本人なんですよね。私は本の中に自分に似ている子を探すんですけど、台湾人の親がいる子は全然出てこない。逆に、本の中には日本人しか出てこないものなのだと知らずしらずのうちに思い込んでいました。だから自分でおはなしの真似事として物語を書いてみるときも、主役とかその友達は私とちがって全員日本人として書いていたんですね。

でもあるときに、日本語で書くからといって日本人しか書いちゃいけないなんて誰も言ってないよね、と気づいて。それで、自分のような台湾人が主人公の小説を書こうと決意しました。だからはじめは、私自身が読んでみたいと思うものを書きたかったんです。「好去好来歌(こうきょこうらいか)」と題したその作品で、私は小説家デビューしたんですが、台湾で生まれて、三歳のときからずっと日本に住んでいて、カタコトの日本語を話す母親にちゃんとした日本語を話してほしいと苛立(いらだ)ったり、両親の母国語である中国語を学ぼうとして挫折したり……という私自身の経験を反映させた内容の小説が雑誌に掲載されると、それを読んだ人たちの多くから「こんな経験があるなんて、全然知らなかった！　すごく新鮮です」と言われました。で、そういう感想を抱くのは、ほとんどがいわゆる普通の日本人なんですよね。

一方では、「あの小説に書いてあることはめずらしくもなんともない」と言う人もいて。「母親がカタコトとか、学校の中と外で言葉が違うとか、中国語が日本語にまざってるとか、そんなの昔からよくあることだし、華僑ならみんな経験してる。温又柔とかいう人は、それをそのまま書いただけでしょ」という感じなんです（笑）。まったく同じ内容なのに、読む人の境遇によって「新鮮」とも「凡庸(ぼんよう)」とも言われるとは……もう十年以上前のことですが、すごく考えさせられましたよ。

ボラ　私も完全に同じ経験をしたことがあります。私が『きらめく拍手の音』という映画を作ったときに聴者の方、聴こえる方がこの映画を観て「いやあ、ろう者の世界はこんなふうに美しいんですね。

そしてまた、こんなに平凡なんですね。私たちと同じ世界なんですね。すごいです」って言ってくださったんですが、ろう者はこの映画を観て「いや、面白くない」と言ったんです。

温　（笑）。

ボラ　これはただ単に家にカメラを置いておいてただ撮った、それだけなんじゃないかって（笑）。「えっ？　これの何が新しい話なの？」という反応でした。

私は文学においても映画においても、新しい視点を提示するというのがとても大事だと考えているんです。でも私もそうやって本を書いたり、映画を作ったりするなかで、同じように、温さんと似たような経験をしてきましたね。あるとき、小説などの文章を書く集まりがあって、そこである人に言われたんですね。「ボラはいいね、ただ両親のことを書いただけで、普通に平凡な話を書いただけで本になるからいいね」と（笑）。

温　本当にまったく同じですね（笑）。

ボラ　で、それを言った人というのが自分の両親が障害者でもなく、聴者だったわけで。

温　ああ……

ボラ　「自分は聴こえる両親だから、むしろろう者の両親はうらやましい」と言ったんですよ。

温　今、ものすごい罵倒語が出そうなのを必死で我慢してます（笑）。

ボラ　でもそういう文学作品がないとか、そういう映画がないときに、最初にその道を作るというのは、やっぱりとても大事なことだと思います。というのは、それが物語になる、お話になるんだということを最初に提示して、気づかせてくれるからですね。

温　そう、そう。「このストーリーは、どうしたらすでに語り尽くされた話にならず、もう一つの新しいストーリーになるだろうか」という問いはずっと続くんですよね。物語にする、一つのストーリーを創りあげる、というのは、経験したことをそのまま書けばいいというものではない。ろう者の両親がいる人は他にもたくさんいるけれど、ボラさんのストーリーはボラさんにしか創りあげることのできないものです。ただ、今日ボラさんがずっとおっしゃっているように、社会がコーダを認知してくれなければ、コーダとしては同じ話を繰り返さなければならないという問題もある。

実は私も、大学とか大学院の創作ゼミなんかで、「温さんはいいよね、書くべきことがあって」と言われたことがあります。「自分は普通の日本人だから、書く素材がないんだ」「マイノリティはその点、素材に困らないからいいよね」みたいな感じのことを。今の私なら、おまえみたいなやつは仮にマイノリティだったとしてもろくな小説しか書けないだろうからうるさい黙れ、と言い返すとこなんですが、当時の私は、マイノリティである自分が社会に対して感じる疎外感と、そうであるからこそ創作をとおして自分の居場所を獲得したい思いの間でいつも引き裂かれるような感じだったので、複雑な気持ちになりました。彼らの言うとおりマイノリティであるからこそ私は、あれも書きたいこれも書かなければ、と思うのだし、確かにその意味では非常に恵まれていると思うんです。でも、表現者として素材に恵まれているという事実を、素朴に喜ぶのはやっぱりちがうな、と。私は表現者であると同時に、この社会を生きている一人の人間として、色々な意味でのマイノリティたちが置かれ続けている不遇な状況をなんとかしたい。まあ、温さんはいいよね、と言うような人たちには、私が経験してきたこと、全部あげるよ、もう全部使っていいから、どうぞそれを素材にこの私を納得させられる素晴らしい小説を書いてみてくださいねって（笑）。

ボラ　私は、温さんがお話ししてくださったように「日本で平凡に生きてきたから書くことがない」って言った人って、それは先天的なものなのかどうなのか？　と考えてしまいますね。

温　ああ、なるほどね。

ボラ　なぜかというと、人間は生きていくなかでそれぞれに違う経験をしているわけで、自分は自分、相手にはなれないですよね。たとえば、ある両親の元に一人の娘として生まれたとしても、その両親の観点、両親の見方というものを１００パーセント受け継げるとは思っていません。それで、結局は、小説を書いたり、映画を撮るというのは「人間の物語」を扱うわけですよね。人間の物語というのは本当にたくさんのレイヤーがあって、それを汲み取って作品にしなければいけないんですけれども、果たしてその映画を撮っている人たち、文章を書いている人たちはそのレイヤーをしっかり理解しているのか、それを理解できる感受性があるのか。常に自問すると思います。だからそのために学ばなければいけない、学習することが必要だと思います。

そこで、こういうふうにお話しする理由は何かというと、私たちは特別な環境で生まれたのかもしれないんですけど、だからといって何も学習してこなかったわけではないということ。たくさんの差別を経験して、その中で「ああ、あの人はどういう話をしているんだろう？」、また「わたしはどんなふうに答えたらいいんだろう？」というように、今までたくさんの悩みがあり、たくさんの煩悩を通して考えてきたわけです。先ほど話したように、私は子どもの頃から本当にたくさんの質問をされてきました。「あなたの両親は手話ができるの？」「手話というのはどういうものなの？」「ろう者というのはどういうものなの？」。こういう質問を受けるたびに、「私の両親は聞こえないんですが、話せます。でもその話す言葉っていうのは音声言語にはならないんです」と説明するんですが、これってなかなか理解されないことなんですよね。「私の両親は全然かわいそうな人じゃないんですよ」「顔の表情をこんなに大きく動かして、あるいは眉毛をこんな風に動かしてお話しするんですよ」っていくらやってみたとしても、聴者の方はやっぱりそれを間近で見ないと想像するのは難しいんだと思います。だから、こう説明してみようかな、ああ説明してみようかなと、よくよく考えて、じゃあ文章でそれを書き出してみよう、今度は映画を通して見せてみよう、という風にいろいろな方法をとって私の両親の世界を伝えてきて、今も、私の両親の世界を説明する方法をずっと探し続けています。

温　『きらめく拍手の音』を読みながらずっと私が感じていたのは、この本の著者であるボラさんは、きっとコーダという立場でなかったとしても、ストーリーテラーとして生きていたんじゃないかな、ということだったんです。きょう、こうして実際にボラさんのお話をうかがいながら、自分の直観は正しかったなあと（笑）。もちろん、ボラさんが撮った映画や書いた本は、私のような「聞こえる文化」しか知らなかった人間がこれまで意識を向けずにいた「唇の代わりに手で話し、愛し、悲しむ人たち」の世界について目を向けさせるし、彼らが「聞こえる人」中心のこの社会でどんな不自由を強いられていて、どんな苦労をさせられていたのか「啓発」する意味合いもあります。でも、ボラさんの創作活動は、こうした啓蒙活動として以上に——もちろんそれも大事ではありますが——、イギル・ボラという、一人の類まれな感受性を持った表現者が、既存の言語で説明するには限界があった自分自身のストーリーを回復するというか、息を吹き返すための軌跡でもあるなと思います。そのことに、私は本当に感動してしまうのです。

ボラ　どうもありがとうございます！

＊本対談は、イギル・ボラ著『きらめく拍手の音　手で話す人々とともに生きる』（矢澤浩子訳、リトルモア）の刊行を記念し、二〇二一年一月八日に代官山蔦屋書店で開催されたトークイベントをもとに再構成したものです。

◆イギル・ボラ（Bora Lee-Kil）　一九九〇年、韓国生まれ。映画監督、作家。ろう者である両親のもとで生まれ育ち、ストーリーテラーとして活動する。十七歳で高校中退、東南アジアを旅したのち、韓国芸術総合学校でドキュメンタリー制作を学ぶ。著書に『きらめく拍手の音　手で話す人々とともに生きる』など。ドキュメンタリー映画監督作品に『きらめく拍手の音』『記憶の戦争　Untold』など。『きらめく拍手の音』は韓国で多くの映画賞を受賞。日本では山形国際ドキュメンタリー映画祭「アジア千波万波部門」特別賞を受賞、二〇一七年の公開以降、日本各地で上映されている。

3.

読み、詠い、祈るものたち

セリ「もっと早く現れてほしかった」
ジョンヒョク「おれたちの間には三十八度線が……」
セリ「だから理解してあげてるの。あなた個人の落ち度じゃないから」

私たちを隔てる線
──『愛の不時着』について

ヒョン・ビン演じるリ・ジョンヒョクだけではない。『愛の不時着』には、チャーミングな「北」の人がたくさん出てくる。軍人社宅村で「班長」をつとめる酒癖が猛烈にわるいウォルスクさんや、ちょっとお人好しな大佐夫人ヨンエさんなどのご婦人たち。英国籍の韓国人ク・スンジュンから「溢れる貴族的な気品は母系遺伝」と称えられるソ・ダン氏と、その母親で、莫大な財力に裏付けられた装いで常に迫力たっぷりの平壌百貨店社長。軍人として高い地位にあるものの、強気な姉にまったく頭の上がらないソ・ダン氏のとぼけた叔父。そして、ジョンヒョクが「最も信頼する」第五中隊の隊員たちと、盗聴を仕事とする〝耳野郎〟のマンボク氏……

「ニュースでおなじみの北朝鮮」には、こうした人々が、日々、暮らしている。『愛の不時着』は、私の中にあるアジアの地図の、それまで真っ暗だった北朝鮮の部分に光を当ててくれた。正直、このドラマが私に授けてくれた光が、どれだけ〝正しい〟ものを照らし出しているのか、北朝鮮の実情に疎い私には判別がつかない。それでも、韓国の財閥令嬢ユン・セリと北朝鮮のエリート軍人リ・ジョンヒョクの「国境」を跨ぐ愛の行く末を見届けた今となっては、たとえば気の優しいミンスさんがオクグムさんの美容室でパーマをかけてもらっていたり、ヨンエさんの息子のナムシクやミンスさんの子のウピルが元気いっぱい村を駆け回っていたり、派手に着飾ったソ・ダン氏の同級生たちが平壌の洒落たカフェでそれぞれの「世帯主」を自慢しあいながら午後のひとときを過ごす場所として、北朝鮮を想像しないでいるのが難しい。

日本にいると、南北問題の生々しさからは距離がある分、ドラマの背景に横たわる歴史や政治とは、よくもわるくも他人事でいられてしまうので、つい、楽しい想像に浸りたくなるのだけれど、よく考えてみれば、「南」の人であるセリと、「北」にいる軍人村の婦人たちや「弟のように大事な」中隊員の兵士たちとの再会を不可能にしているのは、ドラマの外で今もれっきと存在する「軍事境界線」なのである。そう思えば、こんなにも呑気に、胸をときめかせてていいのかな？　と少し不安にもなる。南北分断の一因には日本も少なからず関わっていると思えば、なおさらだ。

だからこそ、ソウルのフライドチキンの店でのサッカー観戦のシーンは、とても重要だと思う。「資本主義社会への警戒心を緩ませるな」と豪語していたピョ・チスも、対戦相手が日本だと知った途端、目の色を変える。普段は非武装中立地帯の前哨地などを守っている「北」の軍人たちが、テーハッミングォ、テーハッミングォ、と拳をあげ、居合わせた「南」の客たちと一つになって韓国チームを応援するときの「敵」が、日本であることは決して偶然ではないだろう。

何しろ、北緯三十八度線を境に北をソ連、南をアメリカに分割占領される以前の朝鮮半島は、大日本帝国の植民地だった。もちろんそれは、私たち「個人の落ち度」ではない。けれども日本にいる私たちが、この事実をまるきり思い出すことなくこのドラマを愛するのは、歴史に対してさすがに無防備が過ぎるはずだ。いや、こんなことを思うのは私が、やはり日本のかつての植民地のひとつである台湾出身だからだろうか。日本人だらけのこの国で私は時々、自分と、自分以外の多くの人たちの間を見えない線が隔てていると感じることがある。私の覚えていることの多くは、私以外の人たちがとっくに忘れてしまっていることなのだと気づかされることもある。それでも私は、『愛の不時着』で、「北」もなく「南」もなく一丸となって、日本には絶対に負けるな、とサッカー観戦に盛り上がるコリアの人々を見るたびに、日本にいる私たちの一人として感じる責任のようなものを、自分から完全には切り離したくはないと思っている。

ともあれ、根を一つとした言葉こそ通じるものの、南北戦争休戦宣言後、同じ半島の中の南と北に、まったく別の政治体制に基づいた簡単には行き来できない二つの世界が存在するようになった。この事実はもはや動かしようがない。

それが前提にあるからこそ、『愛の不時着』のオープニングタイトルバックでは、二分割された画面の左側にはジョンヒョクの、右側はセリの日常生活という、「北」と「南」の風景が次々と映し出される。セリが線を越えて左側に抜けて行ったり、ジョンヒョクのほうも右側に入り込んだりしたあと、画面を二つに分けていた線は消えて、やっと二人は向かい合う。

隣り合っていながらも左（北）と右（南）を隔てる線によって本来なら交わるはずのない二つの世

界を前提としたこの「設定」が、ユーモアたっぷりに生かされているのは、なんといっても、マンボク氏とピョ・チスら中隊員一同が「南」に滞在した数日間の描写だろう。

「手段を選ばずユン・セリを守れ」

中隊長に命じられて、そして、彼ら自身のセリへの「友情」のためにも、「南」製の洒落たスーツを決め込んだジュモクたちが「これでも特殊部隊なんだ」とセリを守って闘うアクションシーンは最高に格好いい。でもそれ以上に私は、「三十八度線」のあちら側からやってきた彼らの感動をとおして、こちらではごくあたりまえの光景——車がたくさん走っているソウルの道路や、コンビニにずらりと並ぶインスタントカップ麺の数、一晩中煌(きら)びやかな夜景、サウナの快適さ——が、次々と新鮮に見えてくる瞬間が大好きだ。右往左往する彼らの描写をとおして、なじみ深いものを新しく見せる魅惑的な力が、このドラマではいかんなく発揮されている。私は、こんな世界で生きていたのか、と思わされる。と同時に、自由なつもりでいるけれど、私自身もまた、きわめて限られた範囲内の世界でのみ生きているのかもしれない、と考えてみたくなる。越えられない線は、「三十八度線」だけではない。私と、私が容易に踏み込むことのできない領域を隔てている線は幾らでもあるはずなのだから。それに、私にとってはありふれたこの場所も、ほかの誰かにとっては謎に満ちているのかもしれない。

セリが「北」に不時着しなかったのなら、おそらく生涯、「南」に来ることのなかっただろうピョ・チス、グァンボム、ジュモク、ウンドンそしてマンボクたちのそれぞれの驚きや興奮や喜びを追体験するときに生じるこの感覚は、私が『愛の不時着』の虜(とりこ)になった、たくさんある理由のうちの、けっこう重要な一つである。

茉莉花の祈り

――映画『タレンタイム〜優しい歌』について

〈あの歌、題名の〝茉莉花〟ってマレー語の〝ムルー〟だよな。あの子の名前だろ?〉

マレーシアの人びとは、マレー語、英語、タミル語、それに中国語などを喋（しゃべ）る。少なくとも『タレンタイム〜優しい歌』（以下、『タレンタイム』）に登場する人びとは、友だちや家族や同僚や教師と言葉を交わすとき、主にこれらの言葉を使う。マヘシュは、声ではなく、瞳と、手と、表情で喋る。ムルーに恋をしたマヘシュは思う。

　言葉はお喋りすぎる。

『タレンタイム』で一番最初にお喋りを始めるのは、タン先生とアヌアール先生だ（声を発するだけなら、コケッコッコー、と鶏の鳴き真似をするメルキンの方が一瞬早いのだけれど）。アヌアール先生は、自分と一緒にタレンタイム（音楽コンクール）に参加することをタン先生に懇願する。タレンタイムの主催者であるアディバ先生に恋をしている彼は、これを機に是非ともいいところを見せたいのだ。はじめは渋るタン先生だが、賞金はみんな君にくれてやる、と言われてあっさりとそれなら付き合うよとなる。このとき、感激したアヌアール先生がタン先生に抱きつき接吻（せっぷん）するのを偶然見かけてドギマギする校長先生の姿がなんとも愛らしい。

タン先生は華人、アヌアール先生はマレー人、じゃれ合う二人に動揺する校長先生はインド人というのも、なかなか憎い。

面白いのは、マレー語で喋っているはずのアヌアール先生とタン先生の会話に時々英語が交ざるところだ。きみとぼくは親友だろ、の「親友」は「ベストフレンド」と聞こえるし、よし練習だ、の「練習」も「プラクティス」なのである。

すぐ次の、タレンタイムの教師枠出演権をめぐるくじ引きの場面では、アディバ先生の口から流れでる優雅な旋律には、英語とマレー語が交互に現れたり、それぞれの断片が心地よさそうに互いの中に混ざり合っている。

きみはきみが思っているほど利口じゃない、と華人の生徒であるカーホウを諭すときのタン先生は広東語を使っているし、同じ華人同士でもメルキンとカーホウは北京語で会話をする。

タミル語で喋るマヘシュのお母さんが、あなたたちは私の光なの、と娘にむかって言い聞かせるときに挿し込まれる、どことなくたどたどしいカタコトの英語も、心に沁みいる……エヴリタイム、エヴリタイム、ワン、ゴーアウト……

『タレンタイム』を観ていると、言葉とは旋律であり、音楽の一種でもあるのだと思い出す。どうして、こんなあたりまえのことを、ふだんの自分はほとんど忘れていられるんだろう？　と訝しく思うほどに。

この映画には、音が溢れている。

『タレンタイム』が描き出すのは、たった一つの民族、文化、言葉だけが、ほかのさまざまを圧して支配的な力をふるう世界とは「正反対」の世界なのだ。

ムルーは耳の聞こえないマヘシュと恋に落ち、厳しい父親の期待に応えるべく必死に勉強する優等生のカーホウは自分よりも成績の良い転校生のハフィズを疎(うと)んじ、ハフィズは闘病中の母親との残された時間を惜しむ……タレンタイムの朝、マヘシュは、マレー人でありムスリムでもあるムルーとの交際を母親に激しく反対される。あなたが望むなら最愛の人を忘れる努力をするつもりだがその方法が自分にはわからない、と母親に懇願するマヘシュの「手話」の内容を、ムルーはその場では理解できなかったはずだ。それでも、民族と宗教のちがう自分たちはもう会ってはならない、という辛い現実を悟る。

愛の歌をうたうことができずに飛び出したムルーは、舞台裏の階段でマヘシュと向き合う。マレー人のムルーとインド人のマヘシュはお互いへの等身大の愛を表現するために自分たちにとって最も適切な言葉を模索しようともがくのだが、その場面では、華人のカーホウが演奏している二胡の音色が仄(ほの)かに聞こえる。しかも、そのメロディーのタイトルは「茉莉花」。〝ムルー〟の、もう一つの名前なのである。

この場面から感じられる尊さが、映画の冒頭にひかれる「慈悲深く慈悲あまねき神の名において」、マレー系、インド系、中国系という、複数の民族、文化、宗教が隣り合うマレーシアで生まれ育ったヤスミン・アフマドの『タレンタイム』に込めた母国への祈りだとしたら、私もまた「愛するひとがいたらためらうな」とスクリーンの向こうの二人を励ましたくなる。

むろん、二胡の音色がさらに美しく迫るのは、なんといっても、たった一人きりで礼拝を済ませたのち「ベストを尽くす」という母との約束を果たすために白い喪服姿でギターを弾いて歌うハフィズに、中華風の赤い衣装をまとったカーホウが即興で伴奏する場面だろう。ハフィズが来るまではトップの成績を保っていたカーホウは、マレー人だから優遇されているのだと決めつけてハフィズにわだかまりを持っていたが、二胡という、彼のもう一つの言葉で、母を失ったばかりの友だちに寄り添う。

ムルーとマヘシュがムルーの家族のような幸福で愉快な夫婦になっていて、カーホウとハフィズはタン先生とアヌアール先生のような「ベストフレンズ」として楽しく年齢を重ねていて……きっとヤスミンの思惑どおり、私は永遠に『タレンタイム』の登場人物たちのその後を、祈るような気持ちでそんなふうに空想するのを楽しむのだろう。

私と台湾ニューシネマ

二〇一〇年の春ごろだったと思う。名を聞けば、誰もが知っている大企業に勤めているある男性が、私に会いたいと人づてに言ってきた。その人は、大の文学かつ台湾好きで、在日台湾人の書き手が日本の文学賞を受賞したことに、たいへん興味を持っているという。それで私も、どちらかといえば良い出会いを期待して、この人を含む、台湾が大好きだと自称する人びとの集まりに出向いたのだった。

すぐに後悔した。

台北や高雄などに駐在したことがある彼らは、よっぽどいい経験をしたのか、台湾は世界でも稀にみる親日国なので日本人は中国の顔色など窺わずもっと台湾との友好を深めるべきだとさんざん語りあい、私にも、日本はあなた方の味方なのですよ、などと言った。台湾人のあなたよりも日本人のぼくのほうが中国語――わざわざ台湾國語(tái wān guó yǔ)と言っていた――が流暢とは何の因果だろうね、とさぞ面白いジョークのつもりで言う人もいた。

きわめつけは、在日台湾人の小説家が誕生したことが我が事のように誇らしくてたまらないと言っていた例の彼が、『海角七号(かいかくななごう)　君想う、国境の南』の感想を私に訊(たず)ねてきたときだった。まだ観ていないからわからない、と私が答えると、

「えっ？　台湾人なら全員観てると思ったよ。あ、もしかして、非国民なの？」

ヒコクミン。一瞬、何を言われたのかわからなかった。

日本と台湾。台湾と中国。中華民国と中華人民共和国。複数の国家と国家の間で、自分は、どこの国でも標準的な「国民」ではないと悩み、そんな自分は一体ナニジンなのだろうかと迷い続けてきたこともあって、思いがけず投げつけられた「非国民」というその言葉に、私は激しく動揺した。あまり認めたくはないが、深く傷つきもした。

何度思い出しても、在日台湾人にむかって日本人が投げつける日本語として、これほど最悪なものはないと思う。それなのに当時の私ときたら、場の調和を乱すのをおそれて、自分の動揺を必死に押し隠し、何もなかったかのように、最後の最後まで礼儀正しく振る舞ったのだった。そうやってくたくたになった帰り道に、台湾が大好き、と声高に主張する人たちには金輪際近づくまい、と心に誓った。

白状すれば、未だに私は、台湾に関する何かが話題にのぼり、意見を求められるたび、警戒心が働く。この〝非国民呼ばわり事件〟ばかりが原因ではない。根はもっと深い。

一九八〇年に台北で生まれ、三歳の時から日本の東京で育った私は、二〇〇〇年代前半に大学生活を送った。

敗戦から既に半世紀以上も経っていたし、戦後に形成された冷戦体制によって旧宗主国の日本とその植民地だった台湾はどちらもアメリカを中心とする資本主義・反共産主義陣営に組み入れられたことで日本が旧植民地に対するオトシマエをきっちりとつけずに済まされたというのもあいまって、私と同世代の日本人の多くにとっては、自分たちの国が、かつて台湾（だけではないが）を領有していたことを実感を伴いながら認識することは難しい状態だった。その意味では、侯孝賢（ホウシャオシェン）による台湾ニューシネマの幕開けを告げる記念碑的作品『坊やの人形』の原作者である台湾の作家・黄春明（ホワンチュンミン）が、「たとえ自分をよく知っている賢明な日本人であっても、かつて日本の植民地であった台湾にやってきて、いつもいつも優越感が表に出ないように自分を抑えているのは難しい」と評したような状況は、表面上は和らいでいた。

しかしそれでも、台湾といえば「親日であるはず」とか「他のアジア諸国と違って今も日本を仰ぎみてくれている」という雰囲気は、まったくなくなったわけではない。

いや、むしろそのイメージには、九〇年代以降、歴史認識をめぐる中国や韓国からの批判に疲弊する日本や、「台湾統一は歴史的任務」と昨今も強調してやまない中国の圧力に晒（さら）されながら国際的に孤立せざるを得ない地位に甘んじる台湾が、互いに手を取り合うしかなかったといった様々に込み入った事情が絡まり合うことで、戦後まもない時期とはべつのかたちでの、しかし確実にその延長線上で醸成された、いわゆる「普通」の日本人たちの、台湾への欲望がより強固に投影されているとも言える。

そうであったからこそ、大学に通っていた頃の私は、台湾を「素晴らしい」と率先して吹聴する日本人たちが思い描く「台湾」や「台湾人」像や、そのイメージを在日台湾人である私にも期待する人たちと出くわすたび、戸惑った。

あくまでも「日本語世代」の台湾人たちが、ほかならぬ日本人にむかって、流暢な日本語で語る台湾の「真」の歴史など、私には、一部の日本人――彼らのほとんどは日本語しか理解できない〝愛国者〟だ――にとって非常に都合の良いものにしか思えず、その〝日台蜜月幻想〟とでも呼びたくなるような現象のせいで、自分が台湾人であるという事実を、負担に思うこともあった。

さらに言えば、そういう台湾通を気取る日本人たちから、きみはそれでもほんとうに台湾人なの？とか、台湾人ならもっと故郷のことを知るべきだよ、と説教じみた物言いをされるたび、台湾人なのに台湾のことをほとんど何も知らない自分を、紛い物のように感じて少し落ち込んだ。

しかし、台湾についてはほとんど知らなくても、私は、私についてならある程度知っていた。日本で育った台湾人という、自分自身の経験を素材に書いた作品で小説家としてデビューすると、台湾出身の、とか、台湾生まれの、と冠されながら名前を紹介されることが一気に増えた。三十歳になったばかりの頃だった。

そのタイミングで、台湾について、自分はもっと知らなければと悟った。自分を紛い物などと思わないためにも、ほかの誰かから、それでもほんとうに台湾人なの？　と揶揄されたときに、ほんとうの台湾人って何？　と堂々と言い返せるようになるためにも、台湾と正面から向き合う覚悟を決めたのだ。

そして、その覚悟の一つとして、『悲情城市』を観ることにした。

〈そうだ。私はあの時点で、『海角七号』どころか、『悲情城市』も『牯嶺街少年殺人事件』も観たことがなかったのである。滑稽なことに、台湾映画、というだけでずっとこれらの作品を直視することを避けていたのだ〉

『悲情城市』の冒頭で、玉音放送が流れるのは知っていた。停電していた電灯が灯った瞬間、日本の無条件降伏を告げる天皇の声を圧倒する産声が聞こえる……日本の敗戦と同時にはじまった、台湾の新しい時代の幕開けとともに生まれた赤ん坊の父親と叔父とその配偶者にあたる人びとを次々と見舞う、あの時代特有の悲運を淡々と描いたこの映画に、私は感動した。それも、この映画が、台湾のものであろうとなかろうと、この感動は必ずおとずれたと確信しながら（むろん、あの台湾の、あの時代を、あのように描いているからこそ、あの映画は成り立っているのだが）。

感動が強い分、腹も立った。映画として、こんな晴らしい作品と出会うまでに、自分がだいぶ遠回りさせられてきたことが、悔しくて泣いた。

その後、貪るように『童年往事　時の流れ』や『恋恋風塵』、『風櫃の少年』といった一九八〇年代に撮られた侯孝賢の作品を立て続けに観た。『カップルズ』『エドワード・ヤンの恋愛時代』などの比較的入手しやすいものからエドワード・ヤンの映画も次々と観た。特に、『冬冬の夏休み』と『台北ストーリー』に映し出される風景や、登場人物たちのちょっとした表情や、聞こえてくる中国語とそこにまざりあう台湾語に惹き付けられた。レンタルでは飽き足らず、ＤＶＤ化されているものは、ほとんど購入した（二〇一六年、『牯嶺街少年殺人事件』の４Ｋレストア・デジタルリマスター版が発売されると知ったときはうれしさのあまり小躍りした）。

今でも私は、たとえば、一冊の本を書き上げたとき、あるいは、新作の小説を構想するときなどの創作の節目には、侯孝賢やエドワード・ヤンの映画を無性に観たくなる。

カズオ・イシグロが、自分の「日本」は、幼い頃に訪れた祖父の家の記憶とともに一九五〇年代の日本映画、特に小津安二郎監督作品によってできあがっていると語るのを読んだときは、それなら私にとっての「台湾」は、子どものときの記憶と一九八〇年代に撮られた侯孝賢とエドワード・ヤンの映画でできているのかもしれないと思ったほどだ。

むろん、この二人以外の監督が撮った映画にも、忘れられないものがある。真っ先に浮かぶのは、『多桑』だ。監督は呉念真。呉は、侯孝賢の数々の映画の脚本を担当し、台湾ニューシネマの製作陣の中でも数少ない本省人の一人である。「多桑」とは、日本語の「父さん」の音を漢字表記したもの。中国語しか話さない子どもたちに自分のことを「トウサン」と日本語で呼ばせ続け、自分の生年は「昭和四年」だと言い続けた、呉自身の父親の人生を描いた映画である。

二〇一七年の夏、念願かなって、中国語としてはやや奇妙な、でも、「父さん」という日本語にそのまま置き換えることにもためらわずにいられないようなタイトルがつけられたこの台湾映画を初めて観た直後、私はショックで立ち上がれないほどだった。

去年（二〇二〇年）、日本で初めて上映された王童監督の『バナナパラダイス』も心に焼き付いた。そこで描かれていたのは、下級兵士として共産党との内戦に敗れた国民党と共にバナナがたわわに実る南国・台湾に渡り、ひょんな弾みで、名を偽り、身分も偽り、台湾という異郷でどうにか生き延びるために数奇な運命を辿った力なき外省人の半生だった。

『バナナパラダイス』を観た日、私はほとんど放心状態で新宿（それはK's cinemaで上映されていた）を歩き回りながら考え込む。私は、台湾の何を知っているのだろう？

炭鉱で働いていた頃に患った肺が悪化し、富士山と皇居を見るという悲願が果たせなかった『多桑』のトウサン。

日本の敗戦によって支配者が交代し、混乱をきわめた時代にそれぞれの悲運に見舞われる『悲情城市』の四兄弟。

それに、『牯嶺街少年殺人事件』の主役・小四の父親。上海出身の彼は、日本人が去ったあとの日本式家屋に家族を住まわせながら公務員として働くのだが、共産党とのつながりを疑われて過酷な取り調べを受けて精神的に不安定になる。

本省人にしろ外省人にしろ、あるいは労働者であろうとインテリゲンチアであろうと、これらの映画に刻まれた自分の祖父の世代にあたる台湾の父親たちの人生が胸に迫るのを感じながら、私はあの日、私の出生以前の台湾に対する自分の想像力をもっと鍛えなければと思っていた。そして、ますます、日本で育った台湾人として、台湾を考えることのむずかしさと、そのむずかしさをしっかりと抱きしめたうえで、日本統治期と中華民国が大陸にあった時代を含む、自分の家族についての物語を書きたくなるのをこらえきれない。

右に挙げた父親たちとは世代が一つ下がるが、この頃はずっと、『ヤンヤン　夏の想い出』で、呉念真が演じたNJについて考えている。何しろ私はヤンヤンとその姉であるティンティンと同世代で、NJも彼を演じる呉念真も、まさに私自身の父親と同世代なのだ（実は私は、台湾映画のうち、唯一、『ヤンヤン　夏の想い出』だけは、高校生の頃に観ていて、密かにずっと愛してきた）。ひょっとしたら私は、台湾について、自分が生きてきた時代について、自分自身について、すすんでは語りたがらない自分の父親のことを知りたくて、侯孝賢やエドワード・ヤン、呉念真や王童によるこれらの作品を懸命に繰り返し観てしまうのかもしれない。いや、逆に、それぞれの作品自体が、あれほど素晴らしくなければ、父（や伯父や祖父や大叔父たち）の人生に、これほど興味を抱かなかった可能性すらある。

時折、台湾で育っていたら自分にとっての台湾ニューシネマとはいったいどんな存在だったのかと考えることがある。それぐらい、台湾から少し離れた、日本で育った台湾人としての私にとって、自分の両親とほぼ同世代の監督や脚本家たちによって生み出された台湾ニューシネマの世界は、私の中の「台湾」を創り続けるための源だといっても過言ではない。

そんな私の書棚の「一等地」を占める一角には、ジョン・アンダーソンによる『エドワード・ヤン』（篠儀直子訳、青土社）や、フィルムアート社が二〇一七年に刊行した『エドワード・ヤン　再考／再見』などの「台湾ニューシネマ」関連本が並んでいる。そのうちの一冊、『スクリーンの向こうに見える台湾　台湾ニューシネマ試論』を抜き出してみる。本に挟まれていたレシートの日付を見ると二〇一一年四月とあった。そうだった。確かにこの時期だった。この時期に私は『悲情城市の人びと　台湾と日本のうた』『台湾ニューシネマの旗手　侯孝賢の世界』『台湾発見　映画が描く「未知」の島』『はじめに映画があった　植民地台湾と日本』など、田村志津枝（たむらしづえ）さんの著書を立て続けに拝読したのだった。

「田村志津枝」という名は、台湾ニューシネマファンにとっては、ほとんど〝伝説〟めいたものであろう。

私が初めてその名を見たのは、感動に打ち震えながら『悲情城市』のエンドロールをぼんやりと眺めていた最中だ。最後にあらわれた「日本語字幕　田村志津枝」を私はしばらくじっと見つめた。あの映画の登場人物たちは、いわゆる「國語（guó yǔ）（台湾の中国語）」だけでなく台湾語や客家語（ハッカご）、それに上海語も話す。複数の言語が入り交じる映画の世界を、不自然さを一切感じさせない見事な日本語字幕に磨き上げた「田村志津枝」とは一体何者なのだろう？

そこから私の、田村志津枝さんの本を読む日々は始まった。

田村さんは、一九七〇年代の終わりにひょんな弾みから訪れた台湾で、映画監督としてはまだ無名だった頃の侯孝賢やエドワード・ヤン、そして彼らに制作の場をつくった中央電影公司企画部の若手社員・呉念真や小野らと知り合い、彼らが頭角を現すのを間近で目撃している。一九八三年には東京の下北沢にある劇場で初めて侯孝賢監督映画『坊やの人形』の上映を実現させ、その後も、のちに「台湾ニューシネマ」と呼ばれる重要作を、最も早く日本に紹介した方だ。『坊やの人形』の原作者であり、侯孝賢らが敬愛してやまない作家・黄春明の代表作『さよなら・再見』が萬仁（ワンレン）監督によって映画化されるときに田村さんは、数少ない日本人として制作補助の立場でも映画作りに携わっている。『スクリーンの向こうに見える台湾　台湾ニューシネマ試論』によれば、田村さんは台湾の台南市で生まれながらも「一歳そこそこ」で家族につれられて日本に「帰った」。子どもの頃、家族からしょっちゅう台湾の話を聞かされたため、「私のなかで台湾は夢の国に育っていった」と田村さんは書いている。その経歴ゆえの感覚は、三歳そこそこで家族につれられて来日し、赤ん坊時代を含む幼少期の頃に経験した「台湾」の記憶を、自分のもののようなそうでないような、不思議な距離感で抱いてきた私と重なる気がして、勝手ながら親近感を覚えた。しかも私にとっての「夢の国」は、他でもないその田村さんの尽力で日本に紹介された映画を繰り返し鑑賞するたび、よりいっそう特別な場所になってゆく。

だからこそ、「ユリイカ」編集部から「台湾映画の現在」を特集するので田村志津枝さんのインタビューを載せたいのだが、ぜひともその聞き手になってほしい、と連絡がきたときは驚いた。しかも、田村さんが直々、私をご指名くださったのだそう。台湾ニューシネマに心奪われてきた誰にとっても特別な存在であるはずの田村志津枝さんのインタビュアーを、まさか自分が担わせてもらえるとは。

二〇二一年六月某日、ZOOM経由で田村さんはいろんなお話を聞かせてくださった。「映画は歴史的なことがらを、論文のように正確に語る必要はない。むしろ具体的なことがらの背後にある、より深い真実を描いてほしい。そして何よりも、人間を豊かに語るものであってほしい」。ご著書にそのように書く田村さんが、「その上でなお、（映画）作家たちが、史実をきちんと踏まえるのを怠ったり、歴史の時系列をおろそかにしてでも作らねばならない物語などないはずだ」とおっしゃるのに耳を傾けながら私は、自分自身の小説家としてのモラルも問われている気持ちになった。また田村さんが、ほとんど記憶にない自分が生まれた場所をただ懐かしむというだけの目的で、こぞって台湾に「帰る」ことをしたがるような人たちのことはどうもあまり好きになれないのよね、といたずらっぽく笑ったときのチャーミングなご様子も忘れられない。

ご本人との対話を経て、私はますます自分の書棚の「一等地」を占める田村さんの著作の数々を大切に思うようになった。

「台湾という、実に様々な人が住み、つかみどころのないうねりのような変化を見せる場所に、そしてそこで生まれる映画に、私は魅かれつづけている」

田村さんがそう書き記した年、侯孝賢は『悲情城市』を完成させた。一九八九年十月のことである。

「人びとが心の奥底にひっそりとしまいこんでしまったことを、もう一度思い起こさせるのも、芸術の大切な役目のひとつだと思う」

朱天文（チューティエンウェン）とともにこの映画の脚本を担当した呉念真の以上の発言を引用し、「立派にその役目を果たした」と田村さんが書いているとおり、『悲情城市』は、歴史的名作として永遠に燦然（さんぜん）と輝くであろう。

特記に値するのは、『悲情城市』をそのように評したのと同じ文章の中で田村さんが、エドワード・ヤン、ではまだなく、ヤン・ドウチャンという表記で、『牯嶺街少年殺人事件』の詳細についても言及し、「楊徳昌（ヤンドウチャン）監督は、いままでも台湾ニューシネマの安易な写実主義へのもたれかかりには批判的で、表現には内容にふさわしいスタイルを打ち立てる努力が欠かせないはずだ、と思っていた。じっくりと腰を据えて取り組んだ『牯嶺街少年殺人事件』で、独自のスタイルを見事に結集させた彼は、台湾に第二の世界的な監督誕生を予感させる」と書き記していることだろう。

侯孝賢とエドワード・ヤンのそれぞれの代表的傑作が生まれた一九八九年から一九九一年というあの時代から、すでに三十年ほどの月日が流れている。

いや、様々な人びとや、それぞれにうごめく物語が「映画」として熟すまでに必要な月日を念頭に入れれば、この三十年も、決して長い時間ではないのだろう。

一九四五年から一九四七年の港町・基隆（キールン）。

一九六〇年代の台北、牯嶺街という古本屋が軒を連ねていた町。「台湾」の複雑な豊かさを思い知るたびに私は、父や祖父や大叔父らが「心の奥底にひっそりとしまいこんでしまったこと」を、侯孝賢やエドワード・ヤンが、一篇また一篇と美しい「映画」に仕上げたように、それを小説として表現したいと切望せずにはいられない。おそらく私は最初からそうであったように今も、台湾そのものについてというよりは、私自身について、私に至るまでの家族の歴史についての方にこそ、興味がある。そして、私が私の家族がいた場所について興味を抱けば抱くほど、台湾（と日本と中国大陸）の歴史について思索することが、私にとって欠かせなくなる。

今日も、田村さんの著書『はじめに映画があった　植民地台湾と日本』を捲ってみる。その冒頭の文章を読みながら、（私も含む）日本人にとっての「台湾」と「映画」の、そのはじまりの地点について思いを巡らせる。

「日本にはじめて持ち込まれた映写機兼撮影機と、下関条約にもとづく清国の賠償金を査収した面々が、同じ船に乗りあわせたというのは、玄妙な偶然というしかない」。「日本がさしたる定見もなく闇雲にふりあげた手には、ほかの武器に混じって生まれてまもない映画が握られていた。とはいえ映画という活力ある武器は、どうやら支配者の手の内におさまってはいずに、人々を翻弄し、楽しませ騙しもしたようだ」

＊著者による田村志津枝インタビュー「台湾映画と出会うために」は「ユリイカ」（二〇二一年八月号）に収録。また本エッセイは同号掲載「スクリーンの向うに見る私の「台湾」――田村志

津枝さんのお話をうかがって」を加筆・修正したものです。

◆田村志津枝（たむら・しづえ）　一九四四年、台湾・台南生まれ。ノンフィクション作家。早稲田大学文学部独文科卒業。大学時代から自主上映や映画制作などに携わり、七七年にファスビンダーやヴェンダースなどのニュー・ジャーマン・シネマを日本に初めて輸入、上映。八三年から侯孝賢やエドワード・ヤンなどの台湾ニューシネマ作品を日本に紹介し、普及への道を開いた。

ニホンゴデキン、も台湾人

――『誰の日本時代』洪郁如

七年ほど前、台南のとある村を散策していたら、八十代と思われる老婦人に笑いかけられたので、おばあさんお元気ですか、と挨拶をした。それまでの経験から、日本からの観光客を歓迎するこの年代の台湾人には、中国語よりも日本語で話しかけるほうが喜ばれると思ったのだ。ところが老婦人は、ニホンゴデキンデキン、と笑う。あたしは台湾語しか喋れないのよ、と言われてようやく私は、「日本統治期台湾」をめぐる自分の想像力の貧しさを悟った。

一八九五年から一九四五年のこの時期を、台湾では「日本時代（リップンシーダイ）」と区分する。この「時代」に生を受け、幼少期・青少年期を過ごした「台湾人」と「『日本語人』」は常に等号で結ばれてきた。とりわけここ日本では、九〇年代以降、日本のメディアにも頻繁に登場した李登輝（りとうき）に代表される、日本統治下の台湾で習得した日本語で流暢に語る台湾人たちのイメージもあり、その印象は特に強烈だろう。

しかし、「戦前の台湾社会ではむしろ、日本語と無縁な『非日本語人』が大多数を占めた」。何しろ「日本統治全期を通して、台湾社会全体にとって識字とは」「一つの希少な技能だった」のだ。『誰の日本時代』は、「置き去られた広大な非識字層」を対象に「学校の外に溢れていた『日本時代』

の記憶」を手繰(たぐ)り寄せることで、台湾社会史の豊かな厚みを伝えてくれる。洪郁如さんは、纏足(てんそく)を解き、新式の教育を享受した「新女性」たちについて論じた前著『近代台湾女性史』を執筆する過程で既に、「そこにはないもう一つの台湾史をつねに意識するようになった」という。そこ、とは、日本式の教育が実施された学校。すなわち「植民地教育の周縁や外部」という膨大な領域を排した極めて限られた空間だ。

台湾史にしっかりと縫い込まれた「日本時代」とは、「私は二二歳まで日本人だった」といった、悲哀に満ちた己の運命を巧みな日本語で日本人に向かって直接語れる人々のものであると同時に、ニホンゴデキンデキン、と私に言った老婦人のものでもある。

忘れてならないのは、「日本時代」を台湾人に強いた側が、自らに都合よくその時代を解釈してはならないという点であろう。

「日本時代」よりもずっとあとに生まれ、九〇年代に留学生として来日した洪さんが日本語で著した本書は、「戦前世代の日本語使用者に大きく依存してきた日本の台湾認識」を更新し、「台湾の過去、日本が深く関わった時代に正面から向き合う」ための、次なる一歩へと誘う。「過去の歴史に向き合うための基礎作業」は、いま始まったばかりだ。

◆洪郁如（こう・いくじょ）　一九六九年、台湾生まれ。一橋大学教授（近現代台湾社会史、ジェンダー研究）。東京大学大学院博士課程単位取得満期退学。著書に『近代台湾女性史』、共編著に『台湾映画表象の現在』など。

「日本人」の条件

日本は、「日本人」だらけの国である。この国で日本人として生まれ育てば、いちいち自分がナニジンなのか意識することはあまりない。

もう二十年近く前のことになるが、アジアを放浪してきたという友人が「あちこちを旅することで、自分は日本人なのだと発見した」と熱弁するのをひとしきり聞かされたあと、「私はこの日本にいるだけで、自分はガイコクジンなんだってことを、しょっちゅう発見させられるんだけどね」と言わないではいられなかった。続けて、「それに、日本はアジアでないとでも思ってたの?」とも。

私は子どもの頃から、自分が日本人ではないと意識する機会にたっぷりと恵まれてきた。

たとえば、親のどちらもが日本人ではなく台湾人であること。日本国籍を持っていないこと。海外から日本に戻るときは、「帰国」ではなく「再入国」として扱われること。数年に一度、東京出入国在留管理局に出向いて「在留資格」を更新しなければならないこと。仮に、両親や、その先々の代から日本人の祖先を持ち、生まれた時から自動的に日本国籍を所持していて、海外に行くときには出入国カウンターでは菊の紋章が表紙を飾るパスポートを身分証として示せるような境遇にあれば、おそらく私も、「日本人」だらけのこの国のごく普通の国民の一人として、少なくとも今ほど執拗(しつよう)には、なぜ私はいつまでたっても自分を本物の日本人だとは思えないんだろう、とか、そもそも本物の日本人って一体どんな人のことなんだろう、といったようなことを考えていなかったはずだ。

しかも私は、ガイコクジンはガイコクジンでも、台湾人なのである。

台湾は、一八八九年の大日本帝国憲法発布から一九四七年の日本国憲法まで存在した「大日本帝国」にとっての、植民地の一つである。日本統治下の台湾に生まれ、中国大陸での内戦に敗北した国民党が中華民国の臨時首都とした戒厳令下の台北で生涯を送った私の祖父は、

――お祖父ちゃんは、昔、日本人だったんだよ。

と私に言ったことがある。台湾をほとんど離れたことのない祖父の話す流暢な日本語を思いだすたびに私は、自分が、日本人ではない、というだけでなく、かつて日本人だった者の末裔である自分を思い知らされる。

それにしても、台湾をはじめ、朝鮮半島や中国大陸などの「アジア」と呼ばれる地域にいた様々な「日本人」と、今の私の境遇は、どれだけ遠くて近いのだろう。

そんなことばかり考えていることもあって、星名宏修さんによる『植民地を読む「贋」日本人たちの肖像』(法政大学出版局)の副題、「贋」日本人、という表現には不穏な好奇心をそそられた。

「旅券とは、所有者の身元(アイデンティティー)を担保し、その移動を管理するために国家が発給する文書である。しかし植民地期の台湾では、制度の不備もあって多くの贋旅券が出回るとともに、それを所持した贋者の『日本人』が出現した」

星名さんは、十九世紀後半から第二次世界大戦にかけてアジア・太平洋地域を「領土」にしていた

頃の「日本」で描かれた小説やラジオドラマにあらわれる様々な日本人の分析をとおして、大日本帝国の「臣民」としては組み込まれながらも、日本の支配下で序列化された沖縄人や台湾人が、あくまでも「贋」の日本人として扱われてきたのならば、逆に、「本物」の日本人とは、一体何によって担保されるのか？　と問う。

日本の旅券？　日本人の血筋？　日本語？

あるいは、そのすべての条件を満たした者のみが、「本物」だと認められるのか？

かつて、「日本人」の「本物」と「贋」の間を揺れていたのは、台湾人だけではない。

金哲（キムチョル）著、渡辺直紀（わたなべなおき）訳『植民地の腹話術師たち　朝鮮の近代小説を読む』（平凡社）は、大日本帝国の支配下で日本語を習得した朝鮮の作家たちを「一種の腹話術師」とみなし、「一つ口で二つのことを話す」彼らの存在自体が、「母語の自然性、国語のアイデンティティー、国民文学の境界」を攪乱（かくらん）させ得る「鋭い刃」であることを、豊富な引用とともに鮮やかに証明する。

日本語は、「本物」の日本人だけのものではない。

「贋」の日本人たちにとっても、日本語は、自らが「本物」であることを訴えたり、逆に、帝国の臣民として呑み込まれることに抵抗を示すための武器だったのだ。

しかし、そもそも、「本物」の日本人か「贋」なのかを決定する権限は、誰が握っているのか？

台湾や朝鮮、あるいは中国東北部や太平洋地域まで及ぶ「大東亜共栄圏」で生を受け、人生の半ばまで日本語で生きていた私たちの祖父のことを、宗主国の末裔である人々——うまれてから死ぬまでただの一度も自分が「本物」であることをまったく疑わずにいられる人々――のほとんどが忘れ果てているという事実を目の当たりにするたび、ひょっとしたら、かつての日本が植民地帝国を築いた過去をまるで思いださずにいられる特権こそが、「本物」の日本人であるための条件なのかもしれないと勘ぐってしまう。

台湾文学、乾杯！

――「戦士、乾杯！」黄春明

日本の元号が平成から令和になって、まだほんの数週間。私は台湾にいた。傘についた雫を払ってから、誠品台大店に入る。数ある誠品書店のうちでも台湾大学の正面に佇む地下一階を含む三階建ての「台大店」が、私は特に好きだった。個性溢れる独立系書店がひしめくこの界隈の雰囲気が、そのまま店内に滲んでいる。

まずは、「文學」のコーナーに立ち寄ってみる。繁体字と呼ばれる、画数の豊富な旧字体の漢字が表紙を飾る文学書の数々を眺めているだけでも楽しい。やがて私の視線は、黄春明（ホワンチュンミン）という名の前でとまる。彼の作品集の第一巻を棚から抜き出し、目次を探す。六巻目にあたる『等待一朶花的名字』の中にやっと、「戦士、乾杯！」が収録されているのを見つけることができた。

それは、黄自身を思わせる語り手が「〝シオン〟という名前をもつ少数民族の青年、朴さん」と知り合い、台湾南部の中央山脈にある村の彼の家に連れていってもらうという一篇だ。

山の中にあるシオンの家には、別々の額に入った三枚の人物写真が飾ってあった。それぞれ、シオンの伯父――厳密には母親の前夫――、父親、兄にあたる人物だという。三枚の写真の前で、語り手は言葉を失う。日本軍、共産党軍、国民党軍。写真の中のシオンの三人の親族は、互いに敵対する軍服を身に着けていた。シオンは言う。伯父は日本統治下の台湾で日本兵として太平洋戦争に参加し戦没した。父親は台湾が祖国復帰した直後に大陸に渡り共産兵になったまま消息不明だ。兄貴は、蒋介石（しょうかいせき）率いる国民党軍の兵士として中華民国のために亡くなった。

「写真があって、日本兵、共産兵、それに我が国民党兵が一緒に並んだら、ウーン、そりゃ、賑やかだな」シオンは事もなげに言った。

「この人たちはみな、あなたの身内だって考えたことありますか？」私は真剣に訊いた。

「ああ、山地の連中は、みなうちと同じさ」彼のしゃべり方は、また淡々とした調子に戻った。

「こんな運命に、悲憤を感じないの？」

「悲憤って？」

「悲しくて腹が立つといった……」

そう言うと、彼は考えこんだ。しばらくたって、私はさらに訊いた。「悲しくて腹が立ちませんか？」

「誰に対して？」

シオンの祖先たちは、この小説の作者である黄春明や私のような台湾の人口の九割以上を占める漢民族の子孫などよりもはるかに大昔から台湾で暮らしている。そんな「原住民」たちの頭上で、「国」と「国」の思惑が激しくぶつかり合い、その結果、「ひとつの家族、ひとつの共同体の中で、男たちが四世代にわたって」、別々の「国籍」を強要され、「部族を守るため」にも、その「国」の兵士として戦わざるを得ないという状況に陥る……繁体字が連なる頁をぱらぱらとめくるうちに、「戦士、乾杯！」の日本語訳をはじめて読んだときの衝撃がまざまざと蘇る。台湾という社会が孕む複雑な亀裂を直視させられたと同時に、このような圧倒的な内容を「僅か四百字詰原稿用紙三十二枚強」という短さの中に凝縮させた、黄春明という作家の技量に私はすっかり打ちのめされたのだった。それは、よい小説を読んだあとの極上の読後感であり、幸福な興奮そのものだった。

誠品を出る頃にはすっかり日が暮れていて、町はあいかわらず雨に煙っていた。風向きのせいか傘を差しても、ほとんど意味がない。けれども霧吹きのように頬にあたる小雨はかえって心地がよかった。台北はつくづく雨が多い。

五分後、私は台湾大学の正門前にいた。等間隔に植えられた椰子の木々を見あげる。それらはどれも、ゆうに三十メートルは越えていた。何年か前、この大学の卒業生である友人が教えてくれた。

——これらの木々は、日本人が植えました。

自然に生えた木じゃないんだ、と私が驚くと、きっと日本人たちは南国情緒を強調したかったのでしょうね、と友人はいたずらっぽく笑う。台湾人である彼女の流暢な日本語を聞きながら、私はふしぎないたたまれなさを味わった。

台湾大学の旧称は「台北帝国大学」。

つまり、台湾で最高学府を誇る大学の前身は大日本帝国が植民地にはじめて建設した国立大学なのていた。

である。日本人の植えた椰子の木のもとで、私は傘を閉じる。足元には、いくつもの水たまりができていた。

コクゴ、と私は呟く。

台湾大学が、台北帝国大学と呼ばれていた頃、ずば抜けた知性を備えながらここの大学に通っていたえり抜きの人たちは皆、日本語が堪能だった。いや、逆だ。日本語ができなければ、大学に進学することなど不可能だったのだ。

guó yǔ と、私はふたたび口にする。

子どものとき、音でしか中国語を知らなかった私は、台湾の大人たちが「中国語」という意味で口にするその言葉が、漢字では「國語」と書くのを知らなかった。

私は、台湾人なら中国語を話せるのがあたりまえなのだと思っていた。しかし、蔣介石がやってくる前の台湾人は「國語」を喋っていなかった。その頃の台湾人にとっての「国語」は日本語だった。

そんな台湾の人たちにとっての、「コクゴ／guó yǔ」、とは何だろう？

ひょっとしたらそれは、「戦士、乾杯！」のシオンの伯父と父親と兄がまとわされた「軍服」のようなものなのかもしれない。

私は覚えている。

——伯父は國語が通じないからね。

父や母、伯父や叔母たちは、中国語を話したがらない大伯父についてそんなふうにぼやいていた。

私がものごころつく頃の台湾では、日本語が「国語」だった時代は、すでに「一昔前」のことだった。

今思えばそれは、「戦士、乾杯！」が発表された一九八八年頃のことなのだ。日本では昭和が終わりを迎えつつある頃だった。

それから、さらに三十年が経った。

親戚の中で國語が下手だったのは大伯父だけではなかった。

――又柔は國語を忘れちゃったの？

従姉の言うとおりだった。三歳のときに台湾を離れ、日本の小学校に通って二、三年も経つ頃には、私は以前ほど中国語が話せなくなっていた。従姉たちとちがって私は、「國語」ではなく「国語」を学んだ。

ときどき、人生のどこかの段階で、台湾に帰国していたなら、自分はどうなっていたのだろう、と思うことがある。たとえば、九歳。あるいは十二歳。十五歳や十八歳でもいい。台湾に帰った私は、中国語を、「國語」を、ちゃんと取り戻せたのだろうか、と考えることがある。語学力が乏しい私のことだ。帰国が早ければ早いほど、身につきつつあった日本語は、サヨナラ、とばかりにあっというまに遠ざかったにちがいない。

台湾大学の椰子の木々が今よりも低かったときの風景を私は想像していた。この大学に通っていた学生たちが、中国語ではなく、日本語で書物を読み、論文を書き、日本の植民地下にある母国の未来を憂えながら議論していた約百年前のことを、思う存分、日本語で空想していた。

はじめこそ、コクゴ、は、支配者から強いられた言語であったにちがいない。しかし、コクゴ、として叩き込まれたその言語を支えに彼らは、自分たちを不当に貶(おとし)める支配者に刃向かうこともできたのだ。

日本語は、そんな彼らのものでもあった。

楊逵（ようき）、呂赫若（ろかくじゃく）、呉濁流（ごだくりゅう）……大伯父や祖父と同世代の作家たちの名が脳裏をよぎる。誠品台大店には、彼らの作品集もあった。しかもそれは、黄春明やほかの台湾の作家たちと同じ棚に分類されていたのだ。そう、それらは、日本語から中国語に翻訳された台湾文学、としてその棚に並んでいた。日本語以外の言語で書かれた小説が「日本文学」とみなされる状況はめったにないことと比較すれば、「台湾文学」とは、何てややこしいのか。私は可笑（おか）しくなる。何しろ私は、台湾のこのややこしさにこそ、親近感を抱いてしまうのだ。

〈台湾文学、乾杯！〉

鞄の中にある、購入したばかりの『等待一朵花的名字』を意識しながら私はしばらくの間、やわらかな台北の雨に打たれていた。

◆黄春明（ホワン・チュンミン）　一九三五年、日本統治下の台北州羅東街（ルオトン）（現・中華民国台湾省宜蘭県羅東鎮）生まれ。作家、脚本家。中学時代、継母との間がこじれ、家出するが、最終的に屏東（ピントン）師範学校を卒業。小学校教員となるが、その後、地方テレビの記者、記録映画の制作者、広告会社の社員となる。六二年、『「城仔」下車』で文壇デビュー。以来、精力的に作品を発表、映画化もされ、「郷土文学」の代表的作家の一人となる。九八年、「国家文化芸術基金会文芸奨」を受賞。

大河の一滴として

――『戦後文学を問う　その体験と理念』川村湊

一九九九年。大学一年生だった私は、日々、紙の上に文字を綴っていた。友人宛ての手紙、日記、そして小説らしきもの。作家になると心に決めていた私が、川村湊（かわむらみなと）氏による創作ゼミに参加したのは自然の流れだった。先生はゼミ初日に、自身の著書『戦後文学を問う　その体験と理念』（岩波新書）を十数名いた学生全員に配布した（なんと太っ腹なのだろう！）。

この一冊こそ、私がはじめて〝精読〟した新書にあたる。

書きたいと思っていたわりには小説に限らず読むという経験が圧倒的に乏しかった私にとって、『戦後文学を問う』は、一九四五年から一九九〇年代前半までの約五十年という時代の中で書かれてきた「日本文学」の肌触りを想像する最良の入門書になった。

特に、「『在日する者』の文学」と題されたX章は興味深かった。私は、日本人ではない自分がこの国で作家を志すのであれば、本章で論じられている「日本語社会の中で生まれ、育ち、その意味では否応（いやおう）なく『日本語』を選ばざるをえなかった世代の文学者たち」の系譜に連なるのだろう、と考えずにはいられなかった。それは私にとって決して嘆かわしいことではなく、むしろ、この自分がこの言語で書くことの意義を個人的な文脈の外に見出すきっかけへと繋がった。

何しろ、川村湊氏はこのように書いている。
「日本の戦後の文学において『在日朝鮮人文学』は、重要な意味を持っている。それは単に民族的少数者の〝特殊〟な文学という意味だけではなく、日本語による日本人の文学という意味での『日本文学』を相対化させるほとんど唯一の契機を持ったものであり、文学的マイノリティー（文学的少数者）から、マイノリティーの文学（少数者の文学）という〝世界文学〟への方向性を示すものであるからだ」

いまも書く日々をたどたどしく重ねる中、日本語で書かれたありとあらゆる文学がつくるおおきく豊かな流れの、わずかほんの一滴分でしかない自分をふと意識し、奇妙な安堵(あんど)を覚えることがある。しかも、この流れをつくってきたのは、「日本人」だけではないのだ。

「日本人だけでなく、近隣アジアの『亡霊』たちの魂の行方にも私たちが気を使うようになった時、初めて日本は『戦後』を終わらせることができるようになるのであり、『戦後文学』はその終焉を迎え、日本の『新しい文学』がスタートすることになるだろう」

約二十年ぶりに〝精読〟した恩師である著者の言葉に、私はあらためて背筋を正す。

◆川村湊（かわむら・みなと）　一九五一年、北海道生まれ。文芸評論家。『南洋・樺太の日本文学』（平林たい子文学賞）、『満洲崩壊　「大東亜文学」と作家たち』、『補陀落　観音信仰への旅』（伊藤整文学賞）など著書多数。法政大学名誉教授。

何語にもならない感覚の記憶を書く

――『模範郷』リービ英雄

私はその人を先生と呼んでいた。

先生と知り合った頃の私は、いつまでたっても舌足らずな自分の中国語を恥じていて、それにもかかわらず、中国風の姓名をもってしまっていることを重荷に感じていた。当時は、どんな人が相手でも、自分の中国語を聞かれるのがこわくて、少なくとも日本にいる間は、できればずっと日本語でとおしたいと思っていた。

だから、先生ともいつも日本語でしゃべっていた。私が、「日本人に生まれなかったのに日本育ちでネイティブな、日本語」で、台湾人なのに中国語ができない自分は、ものを考え、思い、感じるときにも日本語に縋（すが）るしかない、それなのに、こんな自分が日本人ではないことが狂おしい、と打ち明けたら、先生に「あなたは何もわかってない」と本気で叱られた。

「日本語は、日本人だけのものではない。いま、あなたの目の前にいるこのぼくが、その証拠でしょう」

その後、先生と台湾に行く機会があった。津島佑子（つしまゆうこ）さんが率いる「文学キャラバン」に、川村湊そしてリービ英雄の学生ということで、私も特別に同行させてもらえることになったのだ。二〇〇五年

秋のことである。台北から東にむかって海岸沿いに走る列車の中で、車窓をよぎる切り立った崖に見とれていたら、

「ここはあなたの国でもあるんだね」

私の隣に座っていた先生が呟いた。うつくしい景色に圧倒されている興奮を滲ませながらも、確信に満ちたその日本語の声を聞いて、私はひそかに身を震わせた。

〈ここは私の国でもある〉

おそらくこの瞬間に、私の覚悟は決まったのだ。自分が日本語しかできないのであれば、とにかくこの言葉を堂々と生きてみよう。そのためにまず、生まれた国の台湾と育った国である日本の間にいるというこの揺らぎを、一篇の小説を書くことをとおして、徹底的に言語化してみよう……二〇一三年春、台北の空港ターミナル・ビルの外にある喫煙所で「中南海」を吸っている先生の後ろ姿を見つけ、リービさん、と呼ぼうとした寸前、ここはあなたの国でもある、という声が唐突に甦(よみがえ)る。そのような言葉で二十五歳だった私を励まし、作家になる道標を授けてくれたリービ先生自身の「家」もまた、この国——台湾——にあったのだ。

大人になった自分の記憶の古層において、二重も三重もの意味で「自分の国」ではない島に、確実に「自分の家」があった。

『天安門』や『国民のうた』、あるいは『ヘンリーたけしレウィツキーの夏の紀行』を繰り返し読ん

できた私は、リービ英雄と台湾の「尋常ではない絆」を、よく知っているつもりでいた。だからこそ、台北のターミナル・ビルの外の喫煙所で「中国共産党の総本部となった皇帝ゆかりの土地の名前を冠した」たばこを吸っている先生の、微かに震えているようにも見える背中には、あと一時間足らずで「実感のない故郷」に帰りついてしまうことへの緊張と葛藤が漲（みなぎ）っているように思えた。私は先生に声をかけるのをしばらく躊躇（ためら）った。

　リービ英雄は、少年時代の一時期を台湾・台中で送っている。家では、英語をはじめ、外交官の父を訪ねてくる国民党の老将軍や使用人の中国語（國語）が飛び交い、高い塀の外では、中国語よりも「やわらか、なのに抑揚が少し激しい」台湾（閩南）語が響くという環境だった。以前の家主が残した古い雑誌に印刷された文字や、レコードから流れだす歌声をとおして、戦前の日本語と触れ合うこともあった。かれが、父と母、弟と暮らすその家は、「日本人建的（ルベンレンジエンデ）」、すなわち、日本統治時代に台湾にいた日本人が建てたもので、町の外れの旧日本人街にあった。日本人が台湾を去って、まだ数年。交錯する複数の言語の響きを含み込む一九五〇年代の台中の風土にリービ少年は包まれていた。両親の別れによってそこを離れなければならなくなったとき、彼は十歳だった。のちに日本や中国へ関心が向くようになっても、台中には決して寄らなかった。記憶の中の風景が変わり果ててしまった現実と直面するのが怖かったのだ。「それを直視することによって、実際に失った東アジアの家を、もう一度、記憶の中で失うことを、ぼくは、たぶん、恐れていた」

「台北から列車ですぐ行ける、と知りながら、西海岸の、台湾海峡に近い台中だけはぼくは避けた」

　その八年後、『リービ英雄　〈鄙（ひな）〉の言葉としての日本語』の著者であり、台湾・台中の東海大学で教鞭を執る笹沼俊暁(ささぬまとしあき)氏が企画する文学シンポジウムの招聘に応じることで、先生はとうとうそこを再訪する覚悟を決めたのだった。

この貴重な旅の記録は映像としても残すべきだと詩人の管啓次郎(すがけいじろう)氏が提案し、映像作家の大川景子(おおかわけいこ)氏が撮影を担うことになった。ほかに数名の、かつての私のように、リービ英雄のゼミで学んでいる大学院生たちの同行も決まった。

私にとっては、先生との二度目の台湾だった。

三月でも十分に眩(まばゆ)い亜熱帯の光の中、梅川(メイチュアン)や、いくつもの未舗装の細い路地、ラムネの瓶の色とりどりの破片が突き刺さった高い塀の間をめぐるとき、リービ英雄は八歳や九歳の少年のようにはしゃぎながらも、時折、神経質な表情をのぞかせた。台中にいる間じゅう、先生はいつにもまして饒舌だった。元々、口数の少ない方ではない。けれども約半世紀ぶりにおとずれた町を歩く先生の口からとめどなく流れだす言葉の量は尋常ではなかった。波打つ感情の飛沫を一滴も逃さずすばやく言葉に置き換えないことには、一秒たりともここにいられないのかと思えるほどだった。そのようすは、何かがあまりにも露(あら)わで、私ははらはらとしながら、先生のあとを必死に追いかけた。そして、路地と呼ぶにはやや狭い細道で、涙に濡れた顔を手の甲で拭っていた先生と目が合ったときはついに、何かを言いかけるその声を遮って、

「まだ言語化しなくていいです」

と言ってしまった。先生は、しゃべるのをやめた。そのことに、私は確かに安堵した。その後も数秒ほど、そんなに急いで言葉にしないでください、とか、すぐに言語化しようとしないでいいです、

と言い続けた気がするのだが、実はよく覚えていない。私と先生の足元には、一人しか渡れない小さな石の橋がかかった細い側溝があった。こことよく似た場所で、九歳のリービ少年は、中国語と台湾語が飛び交う異境の地で母語である英語のレコードにひとり耳を傾ける母親の淋しさを直感し、自分はもう以前とは同じふうに生きられない、と察したのだと私たちはあとで知った。

二〇一三年十二月、大川景子は一本のドキュメンタリー映画を完成させた。五十三分間の映像作品には、東アジアの中の原風景をめぐるリービ英雄の旅が、リービ自身の言語によって表現される以前の、剝き出しの姿で、輝きを放ちながら生きていた。『異境の中の故郷』と題されたこの映画を鑑賞するごとに、私は確信する。あれはあの旅はやはり一人の人間が甘い感傷に浸るための追憶の旅ではない。少なくとも同行者全員にとっては、リービ英雄の「現在」の背後に控える「過去」の記憶を、台中の陽光のもと、露わにすることで、「未来」に書かれるだろう彼の「日本語」を予感する旅だった。映画の完成から七ヶ月後、本書の表題作である「模範郷」をリービは「すばる」に発表する。

何語にもならない、ここだった、というその感覚だけが胸に上がった。
暑苦しい空気の中から滲み出たように、英語の歌詞が甦った。

何語にもならない、ここだった、という感覚。一人の作家が、作家になる以前の、もっといえば、その感性が、一つの言語に凭(もた)れかかってしまう以前の、どの言語もまだ、かれにとっての確かな思考の杖とは言い切れない、十歳未満の少年に襲いかかった、人生の転機。それは、「台湾の、ここ、台中の、街の外れにあった、（……）旧日本人街」で、起きたことだった。それが起きた場所を、かつての少年だった作家は、「模範郷」と呼び、回想する。

「模範」という近代の発想に、「郷」。故郷の「郷」でもあり、桃源郷の「郷」でもあった。満州の町と同じように、近代主義にユートピアの夢想。模範郷なのだ。だからこそ五十年間、そこはぼくの記憶の中で生きてきた……。

続く「宣教師学校五十年史」「ゴーイング・ネイティブ」「未舗装のまま」の三篇を読めばなおさら、「自分の家」を失うことを予感し、言葉を失っていた九歳の少年が、のちに万葉集（マンヨーシュー）の英訳をし、ついには日本語の作家となった軌跡の原点ともいえる記憶の中の風景が、この上ない日本語に結晶したという輝かしい事実に圧倒される。

——日本語は、ぼくのものでもある。

Model Village でもなく、モーファンシャンと中国語でもなく、もはんきょう、と読ませる『模範郷』というタイトルの本を前にして私は、リービ英雄が一人の作家として身をもって示し続けるその豊かな凄みを、自分は十分に理解できているのか、不安になる。けれどもすぐに、不安なままでも、いや、ひょっとしたら不安を抱えながらのままのほうが、「異境の中の原風景」を書いたリービ英雄の文体に宿る、かつて触れたことのない、それでいてなつかしい日本語の息吹を、直に感じられるのかもしれないとも思う。

◆リービ英雄（りーび・ひでお）　一九五〇年、米国カリフォルニア州生まれ。作家、日本文学研究者。少年時代を台湾、香港で過ごす。プリンストン大学とスタンフォード大学で日本文学を教え、『万葉集』の英訳により全米図書賞を受賞。八九年から日本に定住。八七年、「群像」に「星条旗の聞こえない部屋」を発表し小説家としてデビュー。九二年『星条旗の聞こえない部屋』で野間文芸新人賞、二〇〇五年『千々にくだけて』で大佛次郎賞、〇九年『仮の水』で伊藤整文学賞、一七年『模範郷』で読売文学賞、二一年『天路』で野間文芸賞を受賞。法政大学名誉教授。

私はよい外国人？

――『よい移民　現代イギリスを生きる21人の物語』ニケシュ・シュクラ

『よい移民』（栢木清吾訳、創元社）という本がある。副題は、現代イギリスを生きる21人の物語。作家、詩人、戯曲家、俳優、ジャーナリストらが、それぞれの生い立ちや家族の歴史をめぐって、「移民」と「人種」をテーマに書くアンソロジーで、二〇一六年に刊行されるや否や、全英でベストセラーとなった一冊だ。

編者のニケシュ・シュクラは、ロンドン生まれのインド系イギリス人作家。他の執筆陣も皆、「黒人、アジア系、エスニック・マイノリティ」である。

むろん、彼ら一人ひとりの〝経験〟はまったく異なるものだし、そこから生じる考察もさまざまに独自なものであることは、この本をほんの少しでも読み進めれば、誰もがすぐ気づくことだろう。

とはいえ、みずからが望むと望まざるとにかかわらず、〝エスニック・マイノリティ〟として生きている、という、個人の力ではなかなか動かしようのないこの社会の大前提に基づいて、自己認識や他者との関係の仕方を把握し、自分とは何者なのかを理解する必要に迫られて思索を深めてきたという点はどの執筆者にも共通している。

シュクラは、アンソロジーの執筆陣たちとの関係を「新しい同窓会のようなつながり」と表現し、自分たちはそれぞれが「教室で唯一の有色人だった頃に、互いに引き寄せられ、ぴったりと寄り添いあった」「秘密結社」のようなものだとも書いている。

私もまた、「教室で唯一」の「外国人」だった。「有色人種」として被った彼らの過酷さとは距離があるかもしれない。それでも、『よい移民』が日本で翻訳・刊行された二〇一九年、本を読む前から、きっとここに書いてあることが私にはとても他人事とは思えないだろうと予感したのをはっきりと覚えている。

「良い」「悪い」は、いつも他人が決めている、という帯の一文に目を凝らしたまま、本当にその通りだ、と思った記憶も鮮やかに蘇る。胸が、激しくざわついたことも覚えている。

私の予感は、大体的中した。

たとえば、「感謝知らずの国」と題された一篇。筆者のムサ・オクウォンガは白人に囲まれて送った学校時代を振り返りながらこう書いている。

私が可能な限り勤勉で感じのいい人間になるだけでは、同級生の黒人観を変えられない（……）

私は、彼らが考える法則を証明する例外になっただけだった。私がこのことを認識したのは、ある友人とパブで食事を取っていた時だった。彼は突然、移民に対してびっくりするような暴言を吐きはじめ、私が、自分や自分の両親も彼が侮辱している人びとと全く変わらないと指摘すると、彼は「僕は君のことを移民とは見てないよ、ムサ。君のことは友人だと思っている」と言った。

身に覚えがあった。忘れたほうがいいと思って封じ込めておいた記憶が迫り上がる。
「ユウジュウちゃんはいい子だから仲良くしてもいいってママが言ってた」
私はいい子。そう褒められれば、素直に喜んだ。子どもの頃の私は、絵に描いたような「日本人にとって望ましい外国人」だったのだと思う。私が、意識するとしないとにかかわらず、自分以外は全員日本人という環境では、日本人に歓迎されるような外国人になるのが、たぶん、手っ取り早かったのだ。

編者のニケシュ・シュクラによるまえがきは、こんな「宣戦布告」で締めくくられている。

本書に収められた、美しく、力強く、毅然としたエッセイをお楽しみいただく前に、本書のタイトルについて手短に触れておきます。（……）この国で有色人が負わされている最大の重荷は、私たちがポピュラー・カルチャーで活躍したり、競技会で勝利したり、おいしいケーキを焼いたり、良心的な医者になったりすることで、人びとの意識の中の一線を越えて「よい移民」になるまで、社会は私たちを「わるい移民」——仕事泥棒、福祉手当にたかるやつら、ガールフレンドを盗む連中、難民——とみなしてくることである（……）私たちはその重荷を背負うことに、もううんざりしているのです。

『よい移民』は、日本育ちの台湾人である私にとって、海の彼方の他人事だとは到底思えない。

子どもの頃、私と妹は学校の中で数少ない「外国人」だった。
「娘さんたちは、日本人のお子さんよりもずっとよい子ですよ」
学校でそんなふうに言われてきたと嬉しそうに報告する母と父が私たちを誇りに思ってくれている
らしいことが、私も誇らしかった。両親は、私が他の人たちから受け入れられていることに安心して
いた。知り合いである中国から来日した家族の子どもは中学生になる前に学校に行かなくなった。
不登校になったその男の子は、日本なんか大嫌い、と両親に泣き叫んだそうだ。彼の担任の先生が
「わるい子」と叱ったのは、彼をいじめた子どもたちの方ではなく、仲間外れにされた彼の方だった。
元々、問題のある子だったもの、と両親はその子の噂をしていた。その点、うちの娘は安心だね。
私は「よい子」。
ところが、「よい」か「わるい」かは、いつも他人が決める。否、他人に決められる。
日本人が大多数を占めるこの国では、「よい」かどうか評価を下すのは大体日本人だ。
今になって時々考える。台湾で育っていても、私はあんなにも「よい子」であろうと努めただろう
か？
いや、こんな可能性もある。台湾でも日本でもなく、もっと別の国。たとえば、イギリスで育って
いたら？
『よい移民』の執筆陣の一人ヴェラ・チョックは「私は黄色です。背が低く肌が黄色い女で、エスニ
シティで言えば、１００パーセント中国系です」と書く。
そして、そんな彼女の「よい・わるい」を一方的に決めつけようとするのは、たいてい、「背の高

い白人の男」なのだと書く。

誰かに思い出させられて自分の立場に引き戻されるまで、自分が背の高い白人の男——私たちは小さい頃からそうあることが、普通で望ましいことだと考えるようになってしまっています——ではないことを忘れている瞬間がある

「日本人」にも「背の高い白人の男」にも、一方的に他人に評価を下す権利など、ほんとうはない。それなのに、「私たち」の方がえてして「彼ら」にとって「普通で望ましい」姿を目指してしまう。それが「重荷」なのだと気づいてうんざりするまでずっと。

◆ニケシュ・シュクラ（Nikesh Shukla）　一九八〇年、英国ロンドン北西部ハロー生まれ。作家。デビュー小説"Coconut Unlimited"（二〇一〇）がイギリスの文学賞であるコスタ賞処女小説部門の候補作となり、一四年に脚本執筆に携わった短編映画"Two Dosas"は数々の賞を獲得。一六、一七年と英国の出版業界誌「ザ・ブックセラー」から同業界で影響力を持つ百人の一人に選ばれた。一九年には「タイム」誌から「次世代のアーティストをつくる12人のリーダー」の一人に選出された。

「不自由さ」のなかで書くこと

――李良枝没後三〇年に寄せて

五月になると、必ず李良枝(イヤンジ)の小説を一篇か二篇、読み直す。七百枚にも及ぶ分厚い一冊から成る『李良枝全集』(講談社)を書棚から引っ張り出すこともあれば、箔押しの「由熙(ユヒ)」と「ナビ・タリョン」の文字が眩(まぶ)しく表紙を飾る講談社文芸文庫を捲(めく)るときもある。

李良枝の祥月命日は五月二十二日である。

李良枝が、みずからの半生を材とした小説「ナビ・タリョン」(嘆きの蝶)を「群像」十一月号に発表したのは一九八二年。この作品と共に李良枝の名は日本の文壇でたちまち話題になったという。しかし、その十年後、李良枝はたった三十七歳という若さで急逝する。

私が「ナビ・タリョン」を読んだのは、二〇〇三年。李良枝がこの世からいなくなってすでに十年以上の月日が過ぎていた。

「日本」にも「ウリナラ」にも怯える私は、かといって松本のオンナに戻ることもためらう。それはオンナであることの心地良さに対する怯えと言ってもいい。

在日同胞というやっかいな自尊心を感じながらも、一方では適当な物真似を身震いするほど嫌悪している自分に、松本のオンナとして従属することを喜びながら、その喜びを虚妄として見るようになってしまった自分を重ね合わせてみる。
どこに行っても非居住者――いびつな裸体を晒して浮遊する生き物としてある以外にないのだろうか。(「ナビ・タリョン」より)

「ナビ・タリョン」の主人公、作家である李良枝の「分身」と断じてもよいはずの愛子の、とりわけ、「国」と「国」の狭間で確かな着地点を見失い、宙吊り状態に陥る様子は、私にも身に覚えがあった。

――日本政府と日本人一人ひとりは同じかな?(同前)

その問いは、二十三歳だった私の胸にも渦巻いていた。

私は台湾の台北市で台湾人の両親のもとに生まれ、三歳のときに父親の東京赴任にともなって、一家で日本に移り住んだ。中国語や台湾語ではなく、日本語が中心の生活を送る中で成人を迎えた。大学二年生の秋学期には、中国の上海で語学留学も経験した。行き先が台湾ではなく中国だったのは、通っていた大学が語学留学生を送るために協定を結んでいた中国語圏の大学がたまたま上海外国語大学だったためだ。

上海で知り合った中国人の多くは、私が台湾出身と知ると即座に、なんだ、あなたも中国人だったのか、と言った。いや違う、私は台湾人なのだ、とはじめこそ訂正していたが、徐々に私は、自分は台湾人なのだと名乗っただけでも、中国ではちょっとした火種になることを痛感するようになる。台湾は国家ではない。何人もの人たちから言われた。わざと私を挑発したり、戸惑わせるのではなく、あくまでも軽やかな口調で。台湾は中国の一部である。それは、中国人である彼らにとっては明白すぎる事実なのである。私が所持する台湾のパスポートを見て、こんな国は存在しない、と真顔で断じる人がいたとしても、別におかしなことではなかった。中華人民共和国の人々の前では、中華民国という「国名」を冠した私のパスポートは、日本育ちの台湾人である私の身分を「保証」するというよりは、「攪乱」するらしい……私はそう悟らないわけにはいかなかった。

わずか四ヶ月半の滞在期間ではあったが、日本育ちの台湾人として中国にいる、という自分を意識すればするほど、日本と台湾と中国という三つの国の間で、私は混乱した。

留学期間が終わって日本に帰国してからも、自分の一部がどこかで迷子になったままのような感覚をふとした弾みに覚えるようになった。

大陸の中国人からは、中国人だとみなされる。自分ではほとんど日本人のつもりで生きているつもりでも、日本語が上手だね、と褒められるようなことがあるたび、日本人からは日本人とみなされていない自分を意識する。台湾に行けば、あなたは全然台湾人っぽくない、もはや日本人のようだね、といつも言われる。

当時の私は、自分の確かなありようを求めながら、その足場となるはずの部分を絶えず掻き乱してくる「国民国家」という枠組みの前でしょっちゅう狼狽(うろた)えていた。それなのに、自分の周囲にいる日本人の多くは、私を困惑させる「国民国家」という概念をめったに疑おうとしない。たとえば、日本人に生まれてよかった、と強調する際の個人は、日本人である自分自身と日本という国家を同一視していることがほとんどで、国家と自分自身の滑らかな繋がりを素朴に信じきっている。彼らが、「国民国家」という概念を重大な欠陥のある抑圧的な権威だとは感じていない様子に、私は焦（じれ）ったくなる。
〈日本政府と日本人一人ひとりは同じかな？〉

　李良枝の小説と巡り合ったことで、以前にも増して私は、日本、台湾そして中国も含めた三つの「国家」の「国民」として決して標準的ではない自分をいびつに思わせてくるものの「正体」である「国民国家」という枠組みそれ自体を疑うようになっていた。

　そんな日々を過ごしながら私は、修士論文を執筆するという「名目」で、李良枝の作品を熱心に読んだ。私の李良枝の読み方は、指導教官をはじめ誰がどう見ても、研究対象に対して姿勢を正して向き合うという態度からはほど遠かった。私は、李良枝が「ナビ・タリョン」に継いで書いた「かずきめ」「あにごぜ」「刻」「由熙」「石の聲」をはじめ、『李良枝全集』に収録されているエッセイや、未完作「除籍謄本」まで含む、それぞれの小説に顕（あらわ）れる作家の「分身」たちの姿の中に、李良枝を熱心に読みたがる私自身の断片を探していた。日本語が血肉化してしまった個人の在りようを克明すぎるほどの筆致で顕した李良枝の作品群は、複雑に絡み合う「歴史」の只中にある「個」としての自分を、ほかならぬ日本語を書くという行為によって掬いあげ、肯定する方策を私にまざまざと教えてくれた。日本と台湾そして中国も含む国と国の狭間で揺れ、惑うさなかにありながら、ほぼ唯一の自在に操れる日本語でものを書く行為によって自分を保つ日々を過ごしていた私にとって、日本人として生まれなくとも、日本語でしか表現しようのない小説を書くことは可能だと知らしめてくれた李良枝の文学は、まさに「希望の火花」を掻き立てる存在だった。

元々、あれこれと空想をめぐらせたり、自分や家族を登場人物に見立ててお話を作ることが好きだった。ものごころつく頃にはもう、将来は本を書く人になりたい、と周囲に吹聴していた。そんな私の小説を書くことへの漠然としたあこがれが、本格的な野心として燃え上がったのは、まさに李良枝と巡り合ったこの頃である。とりわけ、「自分の中にあった『由熙』を葬り去りたかった」と述べる李良枝に、私は焚きつけられた。


「由熙」は、「아」と「あ」の間で言葉の杖をつかむことができなくて、思い悩み、結局は日本へ帰っていく。けれども私は、（……）私の中にもいた「由熙」に別れを告げ、新たな力を得て、またしても母国と接しなければならないと考えている。（「言葉の杖を求めて」より）

私は、自分でも小説を書くのであれば、李良枝にとっての「由熙」のように、その一篇を書きあげることによって、みずからにとって新たな境地を切り拓くような作品を目指さなければと覚悟した。

二〇〇九年、「好去好来歌」と題した作品で、小説家として最初の一歩を踏み出したとき、私は二十九歳だった。「ナビ・タリョン」を初めて読んだときから数えれば六年かかったことになる。

よく言われるように、人生で一作だけなら、誰にでも小説らしいものは書ける。それが自伝的なものなら、余計に。実際、他人の目には私自身が思う以上に自伝的に見えたであろう私のデビュー作を読み、そのように評した人たちは少なからずいた。彼らは正しい。なぜなら最初の一篇を書き切った私自身が、それを書き上げられたおかげで、台湾に生まれ、日本で育ったという自分の境遇を、それまでの人生で最も肯定したくなっていたのだから。

〈こういう境遇にあるからこそ、私はあの小説を書くことができた〉

だから、もしこの時点で、小説を書きたいという気持ちが収まっていたなら、それはそれで幸福だったと思う。

しかし、たった一篇の小説を書いただけでは私の気持ちはまるで収まらなかった。むしろ、自分が育った国で自分にとってほぼ唯一の自在に使いこなせる言語でその一篇を書かずにはいられなかったことの意味を改めて考え込む過程で、もっとほかにも、私が書かなければ、おそらく誰にも書かれないであろう小説の、その断片のようなものが次々と胸の内に渦巻いた。ほかの日本の作家と同じようにただ小説を書いたつもりが、自作や自分自身を紹介される場では決まって、台湾籍の、とか、台湾にルーツを持つ、とか、幼少期に台湾から来日した、といった「枕詞」からどうあっても逃れられないらしいと意識する機会が大幅に増えた影響もあるのだろう。私はよりいっそう、台湾出身という自分の「出自」や、「中華民国」という国籍を所持する立場にある者として、そのように条件づけられた境遇にある者たちにとってのこの世界の肌触りなるものを意識するようになり、その感触を糧に、一篇また一篇と自分の人生のありとあらゆる断片を小説にしようと模索した。そうするからには、李良枝が「自分というものをどれくらい遠くまで放り投げ、距離をおいて自己分析できるだろうか?・」と問いながら「ナビ・タリョン」を書いたように、私も自分が書きつつある小説と向き合わなければといつも自分に言い聞かせた。

四十歳になる年、小説家としての念願だった最初の長篇小説『魯肉飯（ロバプン）のさえずり』を上梓すると、それが台湾人の母親と日本育ちの娘の話だったのもあって、次は台湾人の父親について書きたくなった。かつて李良枝が「本国に住んでいる韓国人の目を通して在日同胞の姿を描いてみたい」と着想し、「由熙」に取り組んだように私も、自分自身の父親と同世代の台湾人男性の目を通して、日本と台湾そして中国大陸にも跨る一つの家族の歴史とその現在地を描きたいと思ったのだ。「祝宴」と題したその小説をやっと書き上げた二〇二二年三月初旬、私の一冊めのエッセイ集『台湾生まれ　日本語育ち』を作ってくれた白水社のSさんから連絡があり、李良枝が逝去してから三十年になりますね、という話になった。私と同世代のSさんは、この節目に新しい読者——とりわけ、若年層の——に向けて新たに李良枝の作品を編み直したいと思うのだけれどどう思いますか？　と言う。願ってもない提案に私はたちまち心を躍らせた。

考えてみれば私は、ことあるごとに李良枝について言及してきた。自分の小説家としての出発点を再確認しようとするたび、必ず、そうなってしまうのだ。いつしか、私が書いたものを読んだり、私の話を聞いたことがきっかけで、李良枝の名を知り、初めて読んでみた、とても良かった、と声を掛けてくれる人たちが現れるようになった。私がきっかけで李良枝と出会ったと述べるほとんどの人は、二十代を中心とした若い人たちであるのが印象的だった。国と国の間で宙吊り状態だった二十三、四歳の頃の私が、その状態そのものを生きる勇気を得たように、今もなお、「由熙」をはじめとする李良枝の文学には、何らかの「基準」や「規範」から外れた者にとって、あるがままの自分を直視し、受け入れる力を促すのだろう……私がそんな話をしていたのをSさんは覚えていてくれたのだ。

こうして、白水社から『李良枝セレクション』を刊行することが決まり、私が編者を担わせてもらうことになった。李良枝の担当編集者だった天野敬子さんや、李良枝の実妹である李栄（イヨン）さんと生前の良枝さんと姉妹同然に親しかった朴和子さんたちの全面的なご協力のもと、Sさんが本作りを進める中、私は収録作品の解説を書くために、作家本人の自筆部分を含む李良枝年譜を注意深く辿り直しながら考え込んでいた。

一九八〇年五月、ちょうど私が生まれた頃、のちに「光州事件（五・一八）」と呼ばれる民主主義を求める学生と市民によるデモに対し国家が暴力で制圧するという事件のさなか、二十五歳の李良枝は生まれて初めて母国を訪れる。台湾ではその半年ほど前、やはりのちに「美麗島事件」と呼ばれる、独裁反対・民主自由化の実現を訴える民衆が警察と衝突する事件が起きている。私が生まれた頃の台湾は国共内戦に敗れた国民党による一党独裁下にあり、世界最長の戒厳体制として記録される戒厳令がまだ敷かれた状態だった。海を挟んで隣り合う大韓民国や中華民国では「独裁政権」から自由を取り戻そうと文字通り血を流しながら闘う人々がいる一方、一九八〇年の日本といえばこんなふうに考える人々が一般的だった。

「力まずに生きろよ。民族だの、国家だのって流行らないよ、今どき」

李良枝の未完作「除籍謄本」の一節である。「在日同胞だけを集めて一年間ウリマルを教える教育機関」へ留学しようとする小説の主人公に向かって彼女の恋人はそう言うのだ（「ウリマル」とは母国語を表す韓国語である）。この日本人の恋人は「君は、日本人だよ、僕はそう思う。だってそうじゃないか、言葉だって、生活習慣だって……それに国籍だって……」。

言語、文化、そして国籍。紛うかたなき「日本人」である彼女の恋人による一見もっともらしいその言い分は、一刻も早く母国に行かなければと思い詰めている主人公を慰撫するどころか、かえって逆撫でしている。

母国に旅立つ前年、二十四歳の李良枝は書いている。

ほんの少しずつ覗き始めた在日朝鮮人社会は、虐げられた者同士が肩を寄せ合って生きている、という自分が思い描いていた世界とは違っていた。そこには南北に分断された祖国の状態が色濃く投影し、さらに細分化された法的地位が多様な立場と政治性を主張していた。民族に目覚めた者なら誰でも、と寛容に受け入れてくれる場所ではなかった（……）否応なく私は、自分の持つ日本国籍の意味を考えさせられたのだった。（「散調の律動の中へ」より）

日本国籍の意味。作家になる以前の李良枝が一九七九年に綴ったこの手記を読むまで、私は知らなかった。朝鮮半島を「故郷」に持ちつつ、日本に生活拠点を置いて暮らす人々のうち、特にその二世や三世にあたる世代の人々は、日本国籍を持っているだけで、「在日朝鮮人社会」では肩身の狭い思いをさせられることがあった……李良枝が家を飛び出し「在日」との付き合いを積極的に持ち始めた一九七〇年代末頃は、尚更そうだったのだろう。「帰化に対する一世たちの厳しい反応」は、自分の

> 意思ではなく父親の決断によって九歳の時から日本国籍を持つ李良枝にとって「首をひっぱられるような負い目とやるせなさで胸が締めつけられる」ものだった。
>
> 外国人登録証の常時携帯の義務もなく、法的規制の対象からもはずされ、私はそうした屈辱を日常感覚として持たされることから完全にまぬがれている。父がやったことですから私には関係ありません、と開き直るわけにはいかなかった。だが、無条件に負い目を抱かなければいけないのだろうか、政治的節操とは、もっと違った幅の広い次元で問われるべき問題ではないのだろうか。（同前）

日本の国名を冠した国籍を「持つ者」としての、この国で生きる上での様々な「特権」。その特権に無自覚だったそれまでの自分を脱し、「朝鮮人」としての民族的アイデンティティを確立したいと切に願っていた李良枝は、在日朝鮮人社会では日本国籍は「疵（きず）」とみなされることを思い知る。

一方、日本社会では「民族だの、国家だの流行らない」と口では言いながらも、「日本人」と言えば、日本国籍を持ち、流暢に日本語を使いこなし、人生の大半を日本列島内で過ごし、日本文化を十分に会得し、そして日本人以外の血が一滴も流れていない者のことを思い浮かべる人は非常に多い。こうした人々は、今ここで挙げた条件がわずか一つでも相手に欠けていたら、なんだ普通の日本人ではないのか、とほとんど無意識のうちに考えてしまうのだ。その意味では、日本国籍を持っているだけでは、多くの日本人が思う、「普通」の日本人である「証」としては不足なのである（二〇二三年現在でもこの状況はあまり変わっていないだろう)。

帰化の事実が、「朝鮮人」としては「疵」だと責められる一方、「日本人」であるための「証」としては不十分とみなされる。

これが、日本という国で生きる「在日」やその子孫たちにとっての、日本国籍の意味、だとしたら、なんと狂おしいことなのか。

「由熙」を書いた作家として認められたあと、李良枝は再び、自分が日本国籍を持っている事実に対する在日朝鮮人社会の冷淡な反応が「喩(たと)えようもないくらい大きなショックだった」と振り返っている。

その「ショック」がどれほどのものなのか、「在日」ではない私が、どれだけ正確に想像できているかは心もとない。それでも、若き日の李良枝が、「南北に分断された祖国の状態が色濃く投影」された在日朝鮮人社会という日本の中で、日本国籍を持っていることのせいで「負い目とやるせなさ」を抱かなければならなかった「不幸」を思うと、それこそやりきれない。

国籍。確かにそれは、ある個人にとって、自分がどの国家に所属しているのかを示すものではある。たとえば、日本国籍の所持者を日本国は法的に保護する。しかし、ありとあらゆるアイデンティティのうちの、ただ一つであるはずの「国籍」が、なぜ、こんなにも、他のものよりも優先され、重んじられるのか。

思えば私は、一九八三年に両親と来日以来、台北駐日経済文化代表処経由で「中華民国」のパスポートを更新し続けてきた。中華民国大使館ではなく、台北駐日経済文化代表処という呼称なのは、日中国交正常化以降、日本国が中華民国を正式な国家として承認していないためだ。

そんな私のパスポートを見て、こんな国家は存在しない、と訝しがる人と出会ったこともある。日本からの留学生として中国に滞在していた頃のことだ。

現在も私のパスポートの表紙には、ある人々にとってはすでに存在しない国家の名が刻まれている。

二十歳の頃の私は確信が持てなかった。自分が台湾人なのか中国人なのかはたまた日本人なのか、わからなかった。その、どれでもないであろう自分は「いびつな裸体を晒して浮遊する生き物」なのだとまんまと思い込まされていた。

今は、自分がいびつだとはまるで思わない。

国籍、国民、国史、そして国語……領土内に居住する個々人を「国民」として同一化し、統合をはかるための「国民国家」なる枠組みが、その境界地帯に在る私たちにとって決して万能ではないと知っているからだ。

改めて思う。

李良枝が菊の紋章付きのパスポートで光州事件の只中にあった母国の地を踏んだ一九八〇年五月、戒厳令が解除される前夜の台湾・台北で生まれた私が、それから二十年以上の月日を経て、李良枝を熱心に愛読し、こんな小説を自分も書いてみたいと望むようになる。

日本で生まれ育った一人の韓国人による小説が、日本育ちの台湾人である一人の読み手を夢中にさせ、自分もそのように書いてみたいと励ました。国と国の間にあるという状態を、可能な限り精確な日本語で描き出す李良枝の筆致が、私に教えてくれたのだ。日本語は、韓国人の私や台湾人のあなたのものでもある。血筋も、国籍も、関係ない。

南北に分断された「朝鮮」半島。台湾海峡を挟んで、睨み合う二つの「中国」。燃え立つイデオロギーとその煽りを受けて、米ソ冷戦の機運に乗じて独裁者となった大統領のいる国で生きることを余儀なくされた「普通」の人々……一九八〇年代初頭、台湾から妻子を伴って来日することになった父や、日本で暮らす私の両親よりもはるかに日本語が流暢だった台湾人の祖父母や大伯父たち、「中華民国」の領土がまだ大陸にあった頃に台湾へ移り住んだ親を持つ叔母……家族の来歴を辿るだけでも日本列島、台湾、中国大陸に跨る東アジアの歴史を私は意識しないではいられない。こうした歴史から遠く離れて力まずにいられるものなら、私だって力まずにいたい。そう、多くの「普通」の日本人のように。けれども私は、自分は歴史から完全に自由になれるとは思えない。むしろ、この「不自由さ」の只中でこそ、書いていたい。

ずっと日本で、育った。

ほとんど日本語で、生きてきた。

しかし、日本人としては、生まれなかった。

「由熙」にあやかって取り組んだ小説に先立って書いた私の修士論文のタイトルは、日本人として生まれなかった日本語作家・李良枝の主題と作品、である。

あの頃も今も私は、李良枝を、「在日」の作家であると同時に、「日本」の作家だと思っている。李良枝がいたからこそ私は、私も「日本」の作家になりたいと思った。

「ナビ・タリョン」から始まり、「由熙」に至り、「石の聲」を書く途上、突如、この世から去らねばならなかった李良枝。

三十七歳は、若すぎる。

李良枝が生きられなかった四十代を迎えてから、いっそう思う。「日本人」ではなく、また「在日」でもない私が、「日本」の小説家として、李良枝が書けなかった分の小説を、これからどれぐらい書けるのだろう？　たとえば、あと三十年で。

*本文中、「ナビ・タリョン」は『由煕　ナビ・タリョン』（講談社文芸文庫）、「散調の律動の中へ」は『ことばの杖　李良枝エッセイ集』（新泉社）、そのほかの李良枝の文章は『李良枝セレクション』（白水社）より引用しました。

◆李良枝（イ・ヤンジ）　日本名・田中淑枝（よしえ）。一九五五年、在日韓国人二世として山梨県で生まれ、九歳のとき日本国籍を取得。小説家。早稲田大学を中退し、八一年ソウル大学に入学。八二年「ナビ・タリョン」を発表。八九年「由煕」で芥川賞を受賞。金淑子（キムスクチャ）に巫俗（ムソク）舞踊を学び、舞踊家としても知られた。九二年没。

小説という可能性
――『小説禁止令に賛同する』いとうせいこう

小説禁止令？　絶対にいけない、そんな愚策をまんまと許しては。小説を禁じるなど、言語道断だ。しかし、そこに続くことばに面食らう。

え？　賛同？

……と、まずはタイトルに惹きつけられた。すぐに、これはおそらく、時の権力によって小説が禁じられるという、表現の自由が著しく損なわれた状況を想定して描かれたディストピア小説にちがいないと予想する。

舞台が、数十年後の近未来であるという設定も不穏な生々しさがある。

『小説禁止令に賛同する』（集英社文庫。以下、本書）の初出は二〇一七年十一月号の「すばる」だが、そこから約三年を経た二〇二〇年十月現在、相次ぐ公文書改竄（かいざん）問題や、日本学術会議が推薦する思想信条の自由や人権の尊重に深く関わる研究分野の研究者六名が政府からの任命を拒否された件など、日本において表現や言論の自由が危ぶまれる状況は、残念ながらそれほど非現実的ではない。本書を、こうした世情に対する切迫感の中から生み出された小説とみなすのは、おそらく不自然ではないだろう。

……何らかの罪を犯したかどで長年独房に収監されている「わたし」の年齢は、七十五歳。時代は西暦二〇三六年と明記されている。「わたし」の経歴は、本書の著者であるいとうせいこう氏のものといくらか重なる。

言うまでもなく、この「わたし」が、いとう氏であると考えるのはまったくのナンセンスだ。これは随筆でも私小説でもなく、小説であるのだから。自分にそう言い聞かせながら私は、本書の著者の顔を頭から追い払って、この小説に集中しようと試みる。

亜細亜連合、■■年紛争、敗戦国。旧政府に、新政府。不当な弾圧……禍々（まがまが）しい文字列を辿りながら、どうやら、「小説禁止令」という法は、「亜細亜連合の新■■局」が発布したものであり、「わたし」はそのことに対して「誰よりも早く快哉を叫んだ文学関係者」であると知る。そして、「小説が呪わしい無意識を引きずった存在だということを明らかにするために」「それらを暴くためにこそ、わたしは書くことを許されている」のだとも。

ただし、小説の呪わしさを暴くことが「わたし」の本意かどうかとなると、いささかあやしい。ひょっとしたら「わたし」は長年取り上げられていた「帳面」と「万年筆」を死守し、書くという行為をどうにか継続したいがために、時の権力——亜細亜連合の新■■局——の顔色を窺って、わざとそう主張している可能性もある。いや、わからない。どちらともいえる。

いずれにしろ、この小説の世界では、小説が禁じられている。

しかし、なぜ、小説のみが禁じられたのか？

どうして、随筆なら許されるのか？

ある書き物が、随筆ではなく小説だと判断される根拠はどこにあるのか？

そもそも、小説とは何なのか？

いや、それ以前に「書くとはいかなること」なのか？

「書く」ことを人類にもたらした「文字の始まり」とは？

『小説禁止令に賛同する』は、ものが書かれる現場での、そのフィジカルな側面——字を書くとき、それを縦に連ねるのか、横に続けるか。あるいは、筆や万年筆といった筆記具で染みをつけるのか、キーボードで打ちだすのか——にも及びながら、小説を、書く≠読む、という行為がもたらす効果や、小説として書かれたものが、読み、読まれるという営為について、徹底的に検証している。

たとえば、声と「幻音」についての考察。または、「過去形」の発明が近代日本文学——本文では「東端列島」と表現されている——を生み出したということ。

小説なるものは「不誠実な文の塊」なのだと「わたし」が言い立てれば言い立てるほど、この小説を読んでいるこちらは、その「不誠実」さこそが、小説なるものの魅力にほかならないのではないかと考えずにはいられなくなる。

「小説で何が悪い？」

あらためて、記しておこう。

『小説禁止令に賛同する』と題されたこの書物とは、「非国民」として逮捕、投獄され、二十年近く独房に収監されている御年七十五歳の人物が、旧政による「不当な弾圧」ののち、政権交代直後、「新政府の時代を（……）湧き上がる文章でもって祝う」ものとして、月一回発行される小冊子『やすらか』に約十回にわたってしたためた随筆という体裁で書かれた小説である。と同時にこれは、小説という形で書かれた、小説なるものについて根源から検証した胸躍る小説論だとも言える。

たとえば、「練られた筋書きだの、生活の機微を活写した虚構だの、人間のありようを深く追求するだの」といったもの。あるいは、「登場人物がおり、場面を移動し、会話も多彩で、人物の来し方行く末も描かれ」たもの。

小説が禁じられている状況下であくまでも随筆として書かれたという設定のこの小説を読む間じゅう、「小説だけができるすごいこと」をまともに希求することなく、なんとなく書かれてしまう小説の退屈さを私は何度も思い知る。そして、小説、もっといえば、日本語で書かれ、純文学と呼ばれるような小説の文章は、どのような出来事も「いかにも現実らしく」書くべきものだという思い込みのせいで、かつての自分が抱いていた渇望感と絶望感が赤裸々に蘇るのも感じる。

当時の私は、自分自身の人生のある一部分を、どうにか小説として表現したいと望んでいた。もっと具体的にいえば、日本人ではないながらも自分は日本語で生きてしまっている、と自覚した瞬間を中心に、そこに至るまでの過程を私は書きたかった。タイトルが、先にあった。「好去好来歌」。タイトルだけが、しばらくの間、浮遊していた。というのも、「小説っぽい」文章がなんとなくできあがるたび、私は絶望した。ちがう、こんなものではない……私にとって革命的だったあの一瞬や、それにまつわる一連の出来事は、こんなふうに、なめらかな一つのものとして束ねられるようなものではない。書いてはちがう、書いてはちがうと私は繰り返した……『小説禁止令に賛同する』を読みながら、夏目漱石の「複数の存在が同じ場所を占有することはできない」という文言によって導かれた以下の箇所と出合ったとき、私は、「好去好来歌」を一篇の小説として仕上げるまでに、自分がどうしてあんなにももがいていたのか、久々に思い出していたのだ。

「複数の存在が同じ場所を占有することはできない」(……)

これは今の今まで、人間と社会のことを示唆したと考えられてきたと思います。三角関係において、二人の人間が妻ではあり得ないとか、歴史は一回性を持っていて、どれかひとつしか人類は選びようがないとか。

しかし、それが「書く」という行為の基礎だとしたらどうでしょうか。無数にあり得る文からひとつだけを選び取り、そうでしかいられない不自由さを積極的に受け取ることなのだとしたら。

それは「夢から醒める」ことそのものではないでしょうか。

つまり、生きるということだとしたら。

「書く」こととは、複数あるうちの、たった一つの可能性のみを選び取るということ。ありとあらゆる他の可能性のことごとくを、いったん、背後に押しのけること。なぜなら、私(たち)は常に、そうであったかもしれない可能性とそうではなかった可能性と隣り合わせの状態で、この可能性を生きている。書くことによって写し取られる「現実」とは、たまたま選ばれてしまった一つの可能性のあらわれでしかない。しかも、「現実」そのものとのずれを必ず孕(はら)みながら。

書けば書くほど現実は遠のいていく。

どうしようもない感覚です。

わたしはこれを書きようがない。

過去を受け入れて見つめて言葉にしているのに、ひとことひとことが別な世界を生み出してしまう。

それは小説でも随筆でも同じ。

現実など書きようがないし、それでいいのかもしれません。


だからこそ、「いかにも現実らしく書く」ことにのみ縛られていては、「小説の、いわば書かれたものの平面に生じる怪しい次元」には、到底、たどりつくことができない。どんな文章も究極的には「ひとつひとつの言葉をひたすら一列に」並べたものでしかなく、そうであるからこそ、この「簡素な棒宇宙」の特性をどう生かすか知恵を働かせることは、小説を存分に遊ぶためには必要不可欠である。たとえ「自分の見ている世界がたった一回しかこうであり得ない」という「現実」は動かしようがなくとも、小説を書くという遊びによって、こうではあり得なかった無数の「現実」を生きられるのかもしれない。小説なるものを書き、読むことの希望をそこに感じられたからこそ私も、「小説」を書くことを自分に禁じずに済んだのだと思う。

だからもしもあなたがかつての私のように、小説を書いてみたいと渇望しつつも、いざ、「小説っぽい」ものが書きあがるたび、ちがう、こんなものが書きたかったのではない、ともどかしさを覚えているのなら、「小説だけができるすごいこと」とは何か、そのヒントがちりばめられているこの本は頼もしい小説指南書の役割も果たすことになるだろう。そう、あなたが、「いかにも現実らしく」書かれたもののみが小説らしい小説だと思い込まされてきたのなら、あなたは必ず解き放たれる。逆に、そのような小説でなければ小説らしくない、純文学らしくない、と信じて疑ったことのない小説家志望者がこの本を読めば、読了後は小説が書けなくなる危険性も大いにある。しかし、その危険はむしろ歓迎すべきなのだ。何しろ私たちの多くは、小説を書く（≒読む）ことに対して少々、真面目すぎる。実のところ、小説に対して私たちはもっと放埒になっていい。小説を書くことそれじたいをちゃんと楽しむことは、書かれるべき素材が具える深刻さを少しも損なわない。むしろ、生かすだろう。そして、すでにお気づきだと思うが、本書こそがその紛れもない証なのである。

「未来はあなたが聞かせてくれたものと違っているかもしれない。わたしがあなたの奴隷でない未来もきっとあると、わたしは思います。過去も同じこと。けれどどんな時にも、わたしはあなたを携えていたい」

私も、小説という書物を、その無数の可能性を、どんな時にも携えていたい。小説という遊びを遊び尽くすことで、かろうじて、この世界（現実）の複数性を保つことができるのかもしれないのなら、なおさらだ。

◆いとうせいこう　一九六一年、東京都生まれ。コラムニスト、小説家、演出家、ラッパー、MCなど多方面で活躍。主な著書に『ノーライフキング』『ワールズ・エンド・ガーデン』『ワールド アトラス』『ボタニカル・ライフ　植物生活』、共著に『コンビニエンス物語』『見仏記』など。

わたしが、欲しかったのは……

――トニ・モリスンについて

「わかっていることは、ここがいやになっちゃうってこと、なにか書いてなかったら」とトニ・モリスンは語る。モリスンにとっての、ここ、とは、「とんでもない暴力とか、故意におこなわれている無視とか、他人が苦しんでくれればいいという姿勢とか」が蔓延するこの世界のことだという。

この世界の一員だという気持ちになるには、わたしの場合、教師でもダメ、母親でもダメ、恋をしていてもダメで、なにかを書くのが一番なのよ。そうすると、ここの一員になれて、対立しあって折り合いのつかないこともぜんぶ役に立つものになってくる。昔からよく言われている、作家たちがよくやっているということ、つまり、混沌から秩序を作りだすことができるようになってくる。

いつも、混沌のままではいられない……わたしも、なにかを書いていると自分もこの世界の一員なのだと思うことができた。おそれずに言ってしまえば、書いているときだけは、だれの目も憚（はばか）ることなく、心からそう感じられる。

わたしはずっと、書くことが好きだった。たぶん、日記が手放せなくなった十代半ばの頃から。いや、もっとさかのぼって、ア、という音を、あ、という形で記すことができるのだと知った頃から。あ、からはじまり、ん、で終わる約五十個の文字は、どんな魅惑的な玩具よりも幼いわたしを夢中にさせた。ことばはそれまで、声にした次の瞬間、ただ流れ去ってゆくものでしかなかった。文字は、ただの音だったことばということばを、目に見えるものにしてくれた。書くときのわたしは、ひらひらと宙を舞う音をつかまえて、次々と紙の上に射とめる心地だった。文字を知ったわたしはさらに発見する。本の中にも、ことばは溢れている。文字は、書くことのみならず、読むことのよろこびをもわたしにもたらしてくれたのだ。

書くことと読むことをめぐる、わたしの「原風景」に目を凝らすと、いつもそこには、自分もほかの日本人たちとまったく同じなのだと信じていた小さな女の子がきらきらと瞳を輝かせている。

わたしは、まったく気づいていなかった。本の中には日本人しか出てこないということを。それほどまでに、わたしが好きだった本の主人公やその家族、友だちや先生のことごとくはよほどのことがない限り、日本人だった。わたしは、ちゃんと気づいていた。本の中では、だれも日本語以外のことばをしゃべらない。そう、我が家のようには、べつのことば——中国語や台湾語——がみだりに飛び交っていない。日本ではなく外国が舞台のおはなしであるときも、それは同じだった。ステファニーやリズという名まえの女の子たちは日本人ではなかったけれど、やっぱり日本語だけをしゃべっている。わたしは、自分の読んでいる本がはじめから日本語で書かれているものなのか、べつの言語から翻訳されたものかどうかは、ほとんど気にしていなかった。面白そうなら、それで充分だった。大切なのは、それが自分の読めることばで書いてあるか、ということのみ。

そして、そのことばが、たまたま日本語だった。

わたしは、好きな本たちをまねて、自分でもおはなしを書いてみるようになった。もちろん、まじりっけなしの日本語で。いや、わたしはそれを日本語とすら意識していなかった。わたしはただ、自分にとって唯一書けることばでおはなしを書いてみただけなのだ。

たぶんわたしは、自分のことを日本人だと思っていた。それに、わたしの髪や皮膚や眼は、たいていの日本人たちとほぼ同じ色だった。だからわたしは、黒い眼がほしいと望まずにすんだ。わたしが欲しかったのは、ふつうの名まえだった。ユミ、ショウコ、ユキ、メグミ……要するに、わたしは結局のところ、ほんものの日本人ではなかった。

――あの子って、純粋な日本人じゃないんだよ。

わたしは、わたし自身やわたし以外のほとんどの人たちが、日本人とはこういうものだろう、と思っているものそのものではなかった。

――名まえさえ言わなければ、だれもあなたをガイジンだとは思わない。だから安心して。

さっきわたしは、書くことがずっと好きだったと書いた。それは、実は正確でない。これまでの人生でいまのところたった一度だけ、なにも、ほんとうになにも書けなくなった時期がある。

〈なんで、ガイジンであることを隠さなくちゃいけないの？〉

書けなくなったのは、それまでと同じように書くことを自分に対してゆるせないと思ったから。そんなことをしていたら、「偽の人生」を生きることになってしまう。それからわたしは、自分がこれまで読んできた本は、主に日本人のためにのみ書かれていて、自分はその宛先にこっそりまぎれこんでいただけなのだと気づく。トニ・モリスンは語る。

わたしは読むひとになりたかった。書かれるべきことはすでに書かれている、さもなきゃいずれ書かれるはずだ、と思ってたので。最初の本を書いたのは、そういうものは存在してないと思ったからで、書いたら自分が読みたかった。

わたしが書くことを再開できたのは、日本語とあたらしい関係を築こうと決意したからだ。自分にとってほぼ唯一の、自在に操れるこのことばで書くときに、日本人のふりをするのではなく、自分のままでいられる方法を、わたしは模索した。それは、いずれ必ず書かれるべきはずのことであって、たまたま、そう、ほんとうにたまたま、まだ、あまり書かれていなかった。とりわけ、台湾人の少女が主人公のものは。だからわたしは、書いたら自分が読みたいものを書くために努力するだけでよかった。そうやって、混沌のなかから、ひとまずは自分のためだけの、べつの秩序を探った。その作業をとおして、わたしは書くことがもっと好きになった。

エンジュ、ショウショウ、ジャーリン、ショウヨウ……日本語として、一風変わった響きの名まえを持つ、わたしの中のかのじょたちのことについて、わたしは自分がまだ充分に書き尽くしたとは思えない。いつかは、もっとべつの……たとえば、〝ふつうの日本人〟しか出てこないような、そういう小説も書いてみたいとは思う。けれどもわたしはたぶんまだしばらくの間は、この国で、この言語で、この国のおおぜいのひとたちとは趣の異なる名まえで生きることを課せられたかのじょたちが、だれの目も憚(はばか)ることなく、ほんものの人生を謳歌するすがたを書くことにいそしむつもりだ。

いまもわたしは、ほかのどんなことよりも書くことが最も好きなのだと感じている。とはいえ、書くことが楽だと感じることはめったにない。どちらかといえば、書きたいように書けなくてのたうちまわっていることのほうがずっと多い。けれどもあいかわらずわたしは、書いたら自分が読みたいものを書くための努力ならいくらでもできる気がしている。それに、そうしている限り、正気を保つこともできる。なにしろ、近頃ますます「ここがいやになっちゃう」ようなことばかりが、ひっきりなしに起こっている。

＊本文中のトニ・モリスンのことばはすべて『パリ・レヴュー・インタヴューI　作家はどうやって小説を書くのか、じっくり聞いてみよう!』(青山南編訳、岩波書店) から引用しました。

◆トニ・モリスン (Toni Morrison)　一九三一年、米国オハイオ州生まれ。小説家。ハワード大学を卒業後、コーネル大学大学院で文学修士号を取得。大手出版社ランダムハウスで編集者として働きながら、小説の執筆を続け、七〇年に『青い眼がほしい』でデビュー。七三年『スーラ』が全米図書賞の候補になる。七七年『ソロモンの歌』で全米批評家協会賞とアメリカ芸術院賞、八八年『ビラヴド』でピュリッツァー賞、九三年にはアフリカン・アメリカンの女性作家として初のノーベル賞を受賞。二〇一九年没。

もっと複雑な彩りを

――『彼女の体とその他の断片』カルメン・マリア・マチャド

　自分にとっての世界の見え方や価値観が、あらゆる価値や文化の評価基準だと信じている人たちは、いつも正しそうに見える。世界に対するみずからの解釈が、今、自分の生きているこの社会において最も支配的なナラティブと重なっているおかげで、自分は間違っているかもしれない、と疑う機会が彼らにはめったにおとずれないからだ。言うまでもなく、彼らがいつも正しそうにしているからといって、その正しさがあなたや私にとっても正しいとは限らない。この世界には「その他」の正しさが溢れている。

『彼女の体とその他の断片』（小澤英実、小澤身和子、岸本佐知子、松田青子訳、エトセトラブックス）は、自分は間違っているかもしれない、と疑ってばかりいる人を、あなたこそ正しい、と鼓舞する小説集である。もしもあなたが自分に与えられた物語の中心をいつも他の誰かに独占されていると感じていれば、なおさらだ。この世界は自分が思っているよりももっとよいものだと感じられる物語を、他でもない自分自身のために書き換える勇気をこの本は与えてくれる。バラエティに富んだ八篇の小説は、あなた自身の正しさに忠実であれ、自分の違和感の根源に敏感であれ、と絶えず囁きかけてくる。「この世には特定の人にしか見ることのできない真実がある」のだから、と焚きつける。

マチャドの言うとおりだ。さあ、今こそ、これまでずっと闇のなかに力ずくで捨て去ってきた断片の数々を掬いあげてリストアップしてゆこう。そこに宿っているはずの、私やあなたの真実を直視しよう。この小説集が堂々と証明するように「政治的であることと芸術的であることは両立する」と言うマチャドを信じて、私たちも本心を語るための言葉を磨くのだ。私やあなたが本気でそうすれば、この声が雑音なのだとは誰も言わなくなる。いつも正しそうに見える人たちもきっと「自分が見ているものは世界のすべてではない」と気づく。この世界は、いつも正しかった彼らのためにのみあるのではない。世界は、私やあなたや、ありとあらゆる「その他」の存在のものでもある。私たちの声が光の中に現れれば、彼らも含めた私たちみんなにとってのこの世界は、もっと複雑な彩りを獲得できるはず。

わたしは不可能なことが起こる世界を信じている。愛が残忍さに打ち勝ち、中和し、これまで一度もそうだったことはないけれど、新しくてより美しいものに姿を変える世界を。

マチャドの言葉を信じよう。

『彼女の体とその他の断片』。この本が、まさに「エトセトラ（その他）」という名を冠する、まだ伝えられていない女性たちの声を届ける出版社から刊行されたことも特記に値する。

◆カルメン・マリア・マチャド（Carmen Maria Machado）一九八六年、米国ペンシルベニア州生まれ。デビュー作である『彼女の体とその他の断片』は全米批評家協会賞など九つの賞を受賞。「ニューヨーク・タイムズ」の「21世紀の小説と読み方を変える、女性作家の15作」にも選ばれた。

ひとつの場所にふたつの世界がある

――『サブリナとコリーナ』カリ・ファハルド＝アンスタイン

八六年生まれ、カリ・ファハルド＝アンスタイン。アメリカはコロラド州、デンバー育ちのチカーナことメキシコ系アメリカ人である。

デンバーの人口の三割以上はヒスパニック、ラティンクス、アメリカ先住民。再開発によって元の住民を追いやるように次々と建てられる「数百万ドルの高級分譲アパート」に住む裕福な白人たちと、古くからこの町で暮らしてきた人たちが交わることはあまりない。

「ひとつの場所にふたつの世界があるのだ」

遠からず、ここにいた自分たちのことを、誰もが忘れるだろう。デンバーとその周辺を故郷と呼んできた一族の女たちの物語が書きたかった、とファハルド＝アンスタインは言う。

『サブリナとコリーナ』（小竹由美子訳、新潮クレスト・ブックス）は彼女のデビュー作。十一の短篇小説の語り手は、全員、女性。ただし、下は小学生、上は八十代くらいと年齢の幅は広く、それぞれの個人史によって照射される町はその暗い部分も含めて、実に豊かだ。

「わたしは歴史が好きだったことなんてない」

しかし、アメリカ南西部の歴史は、「混血のチカーナ」である彼女（たち）をとおして、否応なくあらわれてしまう。

　頭上で、国境線が移動するという経験をした人々を祖先に持つ、アメリカがアメリカになる前から、ここにいた人々の末裔たち……作家が生まれるずっと前から南西部で暮らしてきた彼女の同胞たちの「不滅の魂」は、「温かく脈動する動物の心臓」のように、彼女が描く女たちの中で確実に脈打っている。

　一方で、自分たちの歴史に無関心でいられる「インディアンやスペイン系のきれいな女の子が好み」の白人の男たちはあいかわらず、サブリナのような黒髪の女に群がる。

「あたしたちはね、クズ同然に見られてんの」

ちがう。クズなのは、サブリナをそのように扱う「大きくて背の高いアメリカの男」たちと、彼らが牛耳るこの世界のほうだ。

　恥じるな。生まれたからには、生き延びろ。

「わたしたちはみんな深く愛される価値がある」という信念に支えられながら、自分たちがここにいたことを決して忘れさせまいとデンバーの人々を描く作家の筆致は、冴え冴えと明るい。

　ひとつの場所に同時に存在しつつも、蔑ろにされる側の世界に連なる歴史の、まぎれもない「現在地」で毅然と輝く本書は、今日も不均衡なこの世界が、ほんの少しでいいからもっとましになっている明日を望むすべての「わたしたち」を奮い立たせる。

◆カリ・ファハルド＝アンスタイン（Kali Fajardo-Anstine）　一九八六年、米国コロラド州生まれ。創作を教えながら雑誌に短篇小説を寄稿。デビュー作となる『サブリナとコリーナ』でデンバー市長芸術文化賞。同書はストーリー賞、ＰＥＮ／ビンガム賞、全米図書賞の最終候補作にもなった。

「大人の都合」を、うのみにしない
──『わたしに無害なひと』チェ・ウニョン

わたしは大した人間ではない。この人も、ほんとうのわたしを知ったなら、きっとわたしのことなど見捨てるはずだ……それが怖くてたまらず、自分の心を偽ってでも、親愛なる人ともっと深い関係がはじまることを自分から拒否してしまう。それなのに「もし時間を巻き戻せるなら」、願わくば、自分が受けとめ損ねた「愛」を差し出されたあの瞬間に戻りたいと切に思う。

さんざん傷ついてきたからこそ、せめて自分だけは他の誰かに「苦痛を与える人」にはなりたくないと思う。しかしその実、自分が二度と傷つかないように自衛することにも慣れてしまった人物たち。『わたしに無害なひと』（古川綾子訳、亜紀書房）は、彼女や彼のそうした繊細な心の揺らぎが、狂おしいほど淡々と描かれた七篇の物語である。

初恋の人、幼なじみ、特別な友だち、早くに母親を失った姉妹、血の繋がりのない叔母と姪、異国で出会った人……全篇をとおして、剝き出しの幼い心が世界に直に晒されるときの危うさと、無防備な明るさが漂っている。

傷つけられてきた人々の傷つきやすさを直視するしなやかな強さをたたえた著者のまなざしは、前作『ショウコの微笑』から変わらない。今作でも、「何事もなかったように三十歳のハードルを越え、最初からずっとその年齢で生きてきた人みたいにしらばっくれる」ことができず、いつまでも「未成年」だった頃の無力さと心細さから逃れられない人たちの細やかな感情を掬いあげている。その一つひとつを辿るうちに懐かしい痛みを伴うこちらの「過去の記憶」も疼く。

作中人物たちが置かれた状況の背景には、著者が生まれ育った韓国固有の文化や、それを歴史的に支えてきた社会の構造が透けて見える。月に一度は行われる親戚総出の祭祀、男子に課せられた兵役、政治集会……とりわけ、「家父長制」意識の高い親から重んじられる兄や弟のかたわらで、心身ともに「搾取」される姉と妹たち。個人的な痛みの底には、社会の歪みが必ず見え隠れする。

「自分をぞんざいに扱うのが大人になるってことだと思ってた」

七篇の物語をとおして、声高にではなく、むしろ、どちらかといえば小さすぎるほどの声で、著者は問いかける。どうしてわたしたちの多くは、いつのまにかそう思い込まされてしまうの？　まだ、まにあう。

「真面目にじゃなく自由に生きて」

そう、あなたのことを、「大人の都合で」あたりまえのように軽んじる人たちを喜ばせるような真面目さなど、あなたがあなたの人生を生きてゆくうえでの「害」でしかない。

◆チェ・ウニョン（Choi Eun-young）　一九八四年、韓国生まれ。作家。二〇一三年にデビュー し、若い作家賞、ホ・ギュン文学作家賞、キム・ジュンソン文学賞など韓国で受賞歴多数。『わたしに無害なひと』は韓国日報文学賞を受賞。共著に『ヒョンナムオッパへ』。

「カズオ・イシグロ」とカタカナで書く言語の中に住みついて

最初の出会いは『遠い山なみの光』である。

もっと正確に言えば、私にとってのその作品は、『女たちの遠い夏』というタイトルを冠した一冊の古書として、めのまえにあらわれた。

友だちの結婚式に参列するため、あのとき私は、那覇にいた。東京の二月よりもまばゆい光の中、偶然見つけた古本屋に一歩踏み込んだときの、胸の高鳴りをおぼえている。無数の書物の気配をあじわいながら、たしかな予感を抱いた。

私はここで、今後の自分にとって指針となる重要な一冊を見つけるだろう。

はたして、その店のもっとも目立つ書棚で『女たちの遠い夏』が、私を待ちかまえていた。

ニキ、下の娘の名はけっきょくそうきまったが、これはべつに愛称ではない。わたしは、彼女の父親に妥協したのだった。話は逆のようだが、日本名をつけたがったのは夫のほうなのだ。

この冒頭でもう、心は奪われてしまった。そして、まんまと小野寺健(おのでらたけし)さんの翻訳による美しくも怖ろしいこの「イギリス小説」の虜となり、以来、カズオ・イシグロの愛読者となった。

考えてみれば、私は「カズオ・イシグロ」という著者に感じるものがあって、『遠い山なみの光』に改題される以前の、筑摩書房が刊行したその本を手にとったのだった。実はその二ヶ月前、私は最初の小説『来福の家』を上梓したばかりだった。発売日、某大型書店で自著を探すと私の本は「日本文学」の棚ではなく「海外文学」の棚に分類されていた。著者名が日本人らしくないので、別の言語から翻訳された本とみなされたのだろう。

そのことがあったので、「カズオ・イシグロ」は「自分と逆だ」と私は思った。日本風の名をもちながら日本語では書いていない作家と、日本語で書いているのにあまり日本人らしくない名前の作家。

カズオ・イシグロになる前のかれは、「石黒一雄」という名前だったらしい。

長崎で生まれた一雄少年は、一九六〇年に両親とともに渡英し、その頃から、Kazuo と名のって、成長した。

五歳のときに日本を離れ、以来英国に在住しているという作家が描くニッポン（ナガサキ）やニッポンジンたちは、私が知っている日本や日本人とは別の趣があるように感じられた。異国情緒、とはちがう。どことなく空想じみてはいるものの、現実的でないというのでは決してない……でも、その感触を私はうまくことばにできずにいた。

だからこそ、『浮世の画家』の飛田茂雄（とびたしげお）さんによる訳者あとがきで、「日本を舞台にした小説を書くときに、イシグロが幼いころ訪れた祖父の家の記憶とともに思い出すのは、一九五〇年代の日本映画、特に小津安二郎監督の作品であったという」とあるのを読んだときは、なるほど、と溜め息がこぼれた。

幼年時の記憶と小津映画の美しさがあわさることで、カズオ・イシグロの「日本」はできあがっている。

私があらためて言うまでもなく"A PALE VIEW OF HILLS"そして"AN ARTIST OF THE FLOATING WORLD"という初期の長篇でこそ、戦後まもない時期の日本が作品の重要なモチーフになっているが、その後の作家・Kazuo Ishiguro は、日本からは遠く離れて、英国人の老執事が過ぎ去った日々を追想する物語、探偵小説風の冒険譚、人間らしさを問うサイエンス・フィクション、アーサー王伝説を下地にしたファンタジーなど、質の高い大作を発表してはその都度、かれの愛読者たちを良い意味で驚かせると同時に、新たな読者を獲得しつづけている。

その営みが、「英文学」にとどまらず「世界文学」の新しい歴史をつくっていることは、もはや疑いようのない事実である。

今年（二〇一七）のノーベル文学賞受賞者が報道されると、どうしてだか私のもとに台湾から次々とメッセージが舞い込んだ。総じて書かれていたのは、日本にルーツを持つ英国作家の受賞によってあなたのことを思い出した、という内容である。ちょうど私の散文集『台湾生まれ　日本語育ち』がこの春、台湾で翻訳・刊行されたばかりというのもあるのだろう。しかしながら、私がイシグロと共通しているのは、幼少時に親とともに出身国を離れ、移り住んだ先の国の言語で執筆をしている、という点のみ。たったそれだけで、台湾では少なくない人たちが自分のことを連想していると知って、私は眩暈（めまい）がする思いだった。

なかなか恐れ多いことではあるが、さすがに感じずにはいられなかった。

台湾の人々にとっての私という作家の存在は、日本におけるカズオ・イシグロのようなものなのかもしれない。

ある人は、こんなふうに書いてくれていた。

「あなたは日本の作家であると同時に、台湾の作家でもあります。少なくとも私たちの中には、そのように信じている者が多くいます。そして、そんなあなたが将来、石黒一雄のように作家として大成することを私たちは応援しています」

妳也是台灣的作家（あなたも台湾の作家です）。

カズオ・イシグロを石黒一雄（shí hēi yī xióng）と呼ぶ台湾の人々のこうした思いは、私を鼓舞しながらも、ほんの少々複雑な気持ちにさせる。

その後、受賞関連のニュースでカズオ・イシグロが、自分は日本で生まれて英国で育ったのでどちらの文化や国家とも一体感を持ったことはない、と語っている記事を目にしたときは、少なくとも二つ以上の国を行き来して育った者ならばほとんどだれもが経験するその感情について、一人の偉大な作家の口をとおして世界に発信される今日的意義をつよく感じながら身をふるわせた。

記事は、このように続く。

　そうであるからこそ、かれは、日本とも英国とも距離をとることができる。


距離とは、まなざしのことだ。

あなたは私たちとはちがう、というまなざしを受けるとき、私を見つめているかれや、かのじょたちのことを、私もまた、じっと見つめている。

日本にいるときよりもむしろ、台湾で私は何度もそのような状況を経験している。

外国育ちの私が、ほんものの台湾人とどれほど近しいかどうか判断を下そうと待ち構える人々は台湾から永遠にいなくならないだろう。私のような日本人もいるという事実を決して認めたがらない日本の一部の人たちと同じように。

それでも、そうであるからこそ、私は日本の作家として、自分にとっての「台湾」を書いてみたいと思っている。

「台湾」ではなく、いっそ原風景と呼んだほうが話は早いのかもしれない。

そのイメージは、大勢の親類に囲まれていた私自身の幼年期の記憶が主な源泉なのだけれど、『冬(トン)冬(トン)の夏休み』や『ヤンヤン　夏の想い出』といった、侯孝賢(ホウシャオシェン)やエドワード・ヤンによる映画の影響もかさなっている。

さて、そろそろ告白してしまおう。

Kazuo Ishiguro を石黒一雄（shí hēi yī xióng）と書く言語から、かの作家をカズオ・イシグロと表記する言語の中に移り住んだ私は、いつか自分にとっての“A PALE VIEW OF HILLS”を書きたいと思っている……そしてそれは、数年前、もっとも台湾に近い日本・沖縄の古書店で、『女たちの遠い夏』との出会いを果たして以来、ひそかに願い続けていることなのだ。

◆カズオ・イシグロ（Kazuo Ishiguro）　一九五四年、長崎県生まれ。日系イギリス人作家。ロンドン在住。八九年『日の名残り』でイギリス最高の文学賞であるブッカー賞、二〇一七年にノーベル文学賞を受賞。その他の著書に『充たされざる者』『わたしたちが孤児だったころ』『わたしを離さないで』『忘れられた巨人』など。

4.

〈中心〉とはどこか

国と国の際で──「中国旅行ノート」貴州編

紀元前二二一年、有力な地方国家だった秦が中国を統一し、その王が「始皇帝」を名のって皇帝制度の基礎が築かれた。漢人の中華帝国の始まりである。（光田剛編『現代中国入門』「第一章　現代中国の成り立ち」〔ちくま新書〕より）

旅の備え　二〇一八年三月三十日

念願の「台胞証（tái bāo zhèng）」が、ついに手元に届く。私は、三つの「身分証」を机の上にならべてみる。

1、中華民国の「パスポート」（私は中華民国の「国民」だ）
2、日本国政府による「在留カード」（私の日本での在留資格は「永住者」）
3、中華人民共和国公安部出入境管理局が発行する「台胞証」こと「台湾居民来往大陸通行証」（私は「台湾居民」である）

2と3は、どちらも自動車の運転免許証と同様、カード形式の証明書である（大きさも厚みもまったく同じ）。

私が日本から中国に行き、再び日本に戻ってくるには、台湾、日本、中国と発行国がそれぞれ異なるこの三種類の身分証が必要不可欠なのだ。

1と2に関しては更新を欠かしたことはなく、常に引き出しの奥に大切に仕舞ってあるのだが、3の「台胞証」だけは、今回はじめて申請した。

それがぶじ届いたからには、安心して、約一ヶ月後に控える旅立ちの日を迎えられる。そう思ったとたん、安堵とも昂揚ともつかない気分が徐々に募ってくる。

書類申請の煩雑さが頭をよぎるたび、よほどのことがなければ中国に行くことはないと私は思っていた。

そして、よほどのことが、八年ぶりに舞い込んだのは二月上旬のこと。

管啓次郎さんから「ミヤオ！」という件名のメールが届いたのだ。犬好きの管さんがなぜ猫の真似を、と戸惑ったが、内容はこうだ。

――中国の少数民族であるミャオの刺繍や衣装を研究しているファッションデザイナーの友人に、ミャオのお祭りを見に行こうと誘われました。よかったら一緒にどう？

ミャオ、ミャオ、ミャオ！

猫の鳴き声のようなあいらしい響きは私の中でたちまち、世にもうつくしい錫刺繍やろうけつ染などの民族衣装をまとったミャオ族の人々のイメージと結びつく。

──われわれにとっては、「中国」を相対化する絶好の機会かも。とりあえず、行ってみない？

行きます、行きます、と二つ返事でツアーへの参加を表明したものの、「日本に住む台湾人」として中国大陸に行かなければならないことを思ったら、急に心もとなくなる。

中華人民共和国は、台湾、より厳密には「中華民国」という国家の存在を認めていない。そのため八年前の私は、訪中前に中華人民共和国駐日本国大使館で「中華人民共和国旅行証」を取得した。それは、中華民国のパスポートの代わりに、中国大陸での私の身分を保証するはずのものだった。

現に、空港での入国審査では特に問題はなかった。

しかし、

──遂是不是恨的（これは、偽物ではないのか）？

北京のホテルのスタッフたちは、私の「中華人民共和国旅行証」を、ほんものの書類とはすぐに信じてくれなかった。私のような「日本に住む台湾人」に彼らはまだ慣れていなかったのだ。私の中国語が拙いこともあり、チェック・インの手続きは難航した。

できれば、あのような目にはもう遭いたくない。

私は考える。台湾ではなく、日本に住んでいて、日本から中国に行く台湾人は、日本の中国大使館で「中華人民共和国旅行証」を取得するしかないと思い込んでいたが、実はほかに良策があるのかもしれない。そこでFacebookのタイムラインを活用して、神戸在住の華僑の友人・知人たちに質問してみた。

――わたしたちがチューゴク行くときって、どうするのがいちばん便利なの？

投稿して数分もせずに、こんな反応があった。

――二年以上台湾に住んでいた記録があれば、一般的な台湾人と同様、「台胞証」を申請するのが最良の選択と思われます。いまの中国の人たちは、台湾の「同胞」たちにとても慣れています。「台胞証」を見たことがない、というホテルマンなど、まさかいないでしょう。

幸い、私には「台胞証」を申請する条件の一つである台湾（中華民国）での居住歴がある。うまれたその日から、三歳になるまでの約二年間。記憶はおぼろげでも、記録にはしっかり残っている。この「特権」を行使せずしてなんとしようか？

数時間後、Facebook上で行われていた私と知人のやりとりを見ていたある青年――台湾からの留学生――から、慎ましい「忠告」が届いた。

――香港を含め、中国へ旅行するには、台胞証がいちばん便利なんです。しかし、台胞証を申請するなら、「私は中国の国民です」「台湾は中国の一部なんです」を認めたようなものなので、私個人は申請していません。私は今まで一度も中国に行ったことがありません。行ってみたかったですが……

礼儀正しい日本語による長いメッセージは、こんな内容で締めくくられていた。

――東アジアの歴史は複雑です。温さんは半ば公的な存在ですので、ご自身の発言の政治性にはもっと自覚的になったほうがよいと思いますよ。

青年が、かれにとって外国語である日本語で、私に宛てて懸命に言葉を紡がずにはいられなかった複雑な心境を想像し、しばしのあいだ胸を痛めた。それから、このように潔癖な一人の「台湾人」青年を、中国大陸に決して行かせまいとする圧力が肌身に迫るのを感じ、息苦しさと狂おしさをおぼえた。

――台胞証を持つことは「私は中国の国民」「台湾は中国の一部」と認めること。

い、い、い、い、い、い、そうとは限らない。

「パスポート」（本旅券の所持者は我が国の「国民」である）
「在留カード」（本カードの所持者の我が国に於ける在留資格は「永住者」だ）
「台胞証」（本証の所持者は「台湾居民」である）

自分を、それぞれの立場から保証する三種類の「身分証」を三つ重ねて、これが私だ、と呟きながら、これが私なものか、と心の中で思う。

以前からずっと感じてきたことだ。

私たちの「アイデンティティ」は、こんなふうに仰々しく印字された身分証明書に翻弄されすぎている。

本来ならば、証明書があっての私、ではなく、私があってこその証明書ではないか？

その証拠に、いま、三つの書類は私の掌の中にある。私がこの書類たちの掌の中にあるのではない
……私のこうしたふてぶてしさは、思慮深い青年の慎ましき忠告を踏みにじるものかもしれない。けれども私は、行けるのであれば、行くほうを選びたいと思う。

往路　日本↓中国：二〇一八年四月二十七日

現地時刻19：25。
羽田から飛び立ったCZ386便が広州国際空港に到着する。ここから貴州の省都、貴陽行きの国

内線ＣＺ６４６２便に乗り換える。

入国審査の段となり、私は同行者十四名としばし別れる。

「台胞証」の所持者は、「外国人」ではなく「公民」として扱われるためだ。「中華人民共和国」のパスポートをもつ人々がならぶ列の最後尾につくと、緊張感は増す。

〈ほんとうにだいじょうぶなのだろうか？〉

「中華民国」のパスポートはもう鞄から出さない。私の番になる。入国審査官は無表情で私から「台胞証」を受け取る。十数秒もせずに、同じ表情のまま私にそれを返す。

〈まったくだいじょうぶだった〉

拍子抜けするほどあっさりと、私は簡単に審査をパスした。

〈これぞ、「台胞証」の威力？〉

現地時刻23：55。

羽田を出発してから約八時間後、私たちを乗せたＣＺ６４６２便が貴陽空港に降り立つ。到着ゲートでは、今回の旅の導き役である現地ガイドの彰氏、数日前に中国入りし雲南省をめぐっていたファッションデザイナーの新居幸治（あらいこうじ）氏――このツアー「姉妹飯とトン族・ミャオ族の生活を体験する旅」の立案者だ――が出迎えてくれる。

この日は移動で終わり。

空港に隣接するホテルでは、彰氏が、私たちのパスポート（と、私の台胞証）を、あっというまに、それぞれの部屋のカードキーと換えてくれる。

それにしても彰氏と台胞証のおかげで、私はほんとうに難なく、ホテルに泊まることができた。安堵するまもなかったほどだ。

中国に来たという実感はまだ湧かない。

二〇一八年四月二十八日〜五月一日

●ノート　その1

日本人の中には、かたくなに私を日本人ではないといいたがるひとがいる。台湾人にも、私を台湾人と認めたがらないひとはいる。逆に、「あなたも日本人です／妳也是台灣人（あなたも台湾人です）」と言われることがある。このとき、言う側の態度に、受け入れてやろう、というのが見え隠れすると反論したくなる。

——それを決めるのは、ほかでもない私です。あなたのほうにだけ決定権があるとは思わないでください。

「私は台湾人であり、日本人でもある」と「私は日本人ではなく、台湾人ですらない」。

日本と台湾を行き来する私の意識は、「どちらでもある」と「どちらでもない」の両極の間を揺れている。

では、中国だと？

省都・貴陽から従江にむかう高速新幹線で隣り合った男性は、舌足らずながらもいちおう中国語を喋れる私を、「華僑(huá qiáo)」とかんちがいした。いや、あながちかんちがいではないのかもしれない。

「華僑」の辞書的定義は、「中国国籍を保持したまま、海外に移住した中国人およびその子孫」である。

私（と両親）は台湾でうまれ、その国籍を保ちながら、台湾にとっても中国にとっても「海外」にあたる日本に移住した。

中華民国（台湾）が「中国」ならば、日本育ちの私もまた、「華僑」の一種ではないか？

――ねえ、ママ。あたしたちって華僑なのかな？

――カキョウ？　ああ、huá qiáo のこと？　我們不是華僑（私たちは華僑ではない）。台湾人よ。

母と、そんな会話をしたのは確か私が大学生の頃だ。

〈わたしたちはたいわんじんよ〉

私は隣席の中国人男性に、自分が台湾人だとはいちいち打ち明けない。そんな必要はない。もっといえば、私は自分が日本人だとも言わなかった。

――我是在日本长大的。所以，我不太会说中文。

〈私は日本で育ちました。そのため、私は中国語がうまく話せません。〉

中国では、これで十分。


……従江駅から乗り込んだ大型バスは、鋭いクラクションを鳴らしながらうねる山岳をゆく。

村の入り口でバスから降りた私たちを待っていたのは、澄み切った山の空気と風にそよぐ樹々、そして艶やかな光沢が印象的な濃紺の衣装に銀の装飾品をまとうトン族——貴州省でミャオ族と隣り合って暮らす民族——の人々だ。

しばらくの静寂のあと、女性たちの歌がはじまる。

清らかな声と声とが、踊りあうように奏でられる。うたわれていることの意味は、わからない。遠くからやってきたばかりの私たちに、わかるはずもない。それでも、そうであるからこそ、ことばはそもそも旋律であるのだという原始的な快感を一気に呼び起こされ、涙腺がゆるんだ。

歌のあとは、お酒である。

すきとおった肌の少女が微笑しながら猪口（ちょこ）を差し出してくれる。ひんやりと冷たいお酒が喉をとおりすぎてゆくのを感じながら、夢がはじまったと思った。

軽い酩酊状態で案内された村の名は、黄崗（huáng gǎng）。

鼓楼とよばれる石造りの塔の下で、私たちのために盛装した黄崗の人々と輪になって座る。

今度は村の男性陣も加わり、数曲の歌を披露してくれる。

うたわれているのは、やはりトンのことばだ。

この村の人々は、昔からずっと、歌に託して、お互いの思いを交し合ってきたという。

遠くから客人があれば、こんなふうに歌をうたって歓迎した。

うつくしく着飾ったトン族の人々の清らかな歌声に耳を傾けながら、ほろ酔いも手伝い、別世界に迷い込んだ心地に浸る。

ここは中国。

けれども、ただの中国ではない。北京や上海からは、はるかに〝遠い〟中国。

日本人とか台湾人とか……意識の底でせめぎあう例の二項対立は、ここでは何の意味もない。そう思ったとたん、解放感があった。

空が、いつもよりもずっと近くに感じる。黄崗村を仲間たちとそぞろ歩きしながら、私は夢うつつの状態だった。

だからこそ、あの瞬間、目が醒めるような思いがしたのだ。視線を感じると、一人の老婆が、私たちをじっと見ている。

いや、その瞬間に限っていえば、皺が深く刻まれたその顔は、私を見ていた。

見ていたつもりが、見られている。

私は動揺した。

そして自分が、この山間（やまあい）の村で連綿と続いてきた彼女の日常に闌入（らんにゅう）したよそものである、と急に意識させられた。

●ノート　その2

银潭（yín tán）という村では、私たちをおおいに歓迎するそぶりを見せながらも、你好（こんにちは）、すらわからないという女性――五十代半ばぐらいか?――と会った。

藍染の「専門家」である彼女は、藍染のようすを愛想よく案内してくれる。大きな壺のような容器――〝藍釜〟というらしい――の中でたゆたう美しい藍色の染料を指さしながら説明する彼女のことばを、案内役の男性が中国語に訳し、彼のことばがガイドの彰氏によって日本語に通訳される。

布が藍色に染まるさまに目が惹きつけられながらも、私の耳は、ひょっとしたら自分が一生、聞くことのなかったかもしれない言語でさえずるように喋る女性の声に夢中になっている。

私の知る中国語は漢民族の言語であり、トン族である彼女の母語ではない。

しかしそんな彼女は、まぎれもなく「中国人」なのである。

行政上は中華人民共和国の「人民」でありながら、中国語を話せない。中国語は話さない。

彼女には、母語であるトン族のことばで十分なのである。

トン族のことばは、文字を持たないという。

しかし文字に頼らずとも、ましてや異民族の言語である中国語を習得しなくとも、衣食住のための必需品を〝自給自足〟で賄っている彼女の生活は成り立つ。

成り立っている。

成り立ってきた。

少なくとも、今のところはまだ……

私たちの一団が銀譚を訪れたとき、村人といえば、祖父母と孫、を思わせる組み合わせばかりだった。彰氏によれば、働き盛りの世代のほとんどは、近隣の町や都市に出稼ぎに行っているらしい。銀譚出身の村民たちが貴陽のような大きな街で漢民族にまじって働く姿を私は想像する。都市にいる彼らはほぼ間違いなく、自分たちの祖父母や父母たちよりも流暢な中国語を操るはず。都会に出たまま、うまれ故郷に戻ってこない者も少なくないという。今は、光沢が印象的な藍染の民族衣装を日常着にしている祖母らの傍らで遊ぶ幼い子どもたちも、就学年齢に達したら文字のない母語は遠ざかり、学校で教わることになる中国語でものを言い、思い、感じるようになるのだろうか？

そこが中国である限り、建前としてはだれとでも意思疎通が可能な〝普通話（pǔ tōng huà）〟――私たちが日本語で「中国語」と呼んでいる言語――が使いこなせるのなら、ふるさとを出てもとりあえずはどうにかなる。逆にいえば、ふるさとを出ようと思うのなら、彼らは母語とは異なる言語を習得しなければならない。

中華人民共和国の共通語こと「普通話」は、北方方言と北京の発音を基礎に標準語として制定されたもの。要するにもともと漢民族――それもごく一部――の言語なのである。

中国語が、「漢語（hàn yǔ）（汉语）」とも呼ばれることを私は久しぶりに意識する。

堂安（tángān）もまた、トン族の集落だ。

銀潭村と同様、剝き出しの上の道では鶏や雛が放し飼いにされていて、子どもたちが駆けずりまわっている。彰氏が改めて説明する……トンの人々は同一の姓を持つ者同士で「鼓楼」と呼ばれる塔を建てる習慣がある。鼓楼は一族の象徴であり、裕福であればあるほど塔も高くなる。集落内で諍（いさか）いがあればその下に集まり、長老なる人の導きを求める……その鼓楼は、それまで見たどれよりも立派で高かった。すぐ脇の山道に沿って石造りの階段がある。のぼりきると、堂安村のみならず隣接する肇（zhào）興村（xīng cūn）も一望できるというので私たちは頂上を目指す。

長い階段の途中に、藍染の衣装をまとった老女が腰かけている。その佇まいは、高くそびえる鼓楼や青々とした段々畑が彼方に広がる村の風景にほぼ完璧に調和していた。彼女はこの界隈で最も尊敬されている女性であってもおかしくなさそうな雰囲気すら感じさせた。

カメラを構えた同行者の一人が私に提案する。

「あのおばあさんと温さんの写真を撮ってあげる」

私は老女に、写真を撮らせてほしい、と中国語で声をかけながらしぐさでも示す。老女はうなずく。いい写真になるだろう。老女とともにレンズをむけられながら私は満足だった。撮影を終え、礼を告げて立ち去ろうとする私に今度は老女のほうが話しかけてくる。よく聞こえない。私が耳を近づけると、老女は繰り返す。

「給奶奶一点銭（おばあさんに少しのお金をください）」

驚愕するほどの、なめらかで、明瞭な普通話だった。同行者たちが先に進むのを待ってから私は財布を探り、毛沢東の肖像が印刷された一元札をとり出す。どうしてだか、だれにも見られてはならないと思った。

老女の皺だらけの手に一元札をつかませる。彼女は紙幣を一瞥（いちべつ）するが、何も言わない。

金額が少ないせいなのか？

相場がわからない、という日本語が頭の中で渦巻く。

相場がわからない、という中国語が浮かんだとしても私はそれを告げることができなかっただろう。

謝謝、と私は老女に言った。それ以外の言葉は何も出てこなかった。老女はもう私を見ていなかった。


同行者たちのあとに続き、私はふたたび階段をのぼる。風がそよいでいる。樹々の気配が濃厚だ。

彰氏の説明によれば、山で暮らすトン族やミャオ族の人々のすべてがはじめから山岳民族だったわけではなく、漢族との土地争いに敗れ、次第に山のほうへと追いやられた集団も少なくないという（それは「平埔族」と呼ばれる台湾の「先住民族」たちの運命と酷似している。いや私が知らないだけで、同様の状況は世界中に数えきれないほどあるのだろう）。

山に追われたミャオやトンの少数民族たちは、平地の少ない痩せた土地を苦労しながら切り拓き、棚田をつくり、日々の糧を得るための基礎を築いた。与えられた環境で、彼ら特有の暮らしを紡いでいった。

長い長い月日が流れ、同じ「中国人」でありながら、自分たちとは圧倒的に異なる文化をもつ貴州の少数民族を「発見」した漢民族たちはこぞって山を訪れるようになった。

空がまた近づく。私は考える。ここ数年で、どれぐらいの数の観光客が、私と同じように、あの老女と写真を撮ったのだろう？

いつから彼女は、自分と写真を撮りたがる観光客に貨幣を要求するようになったのだろう？

「一点銭（少しのお金）」の「価値」を、彼女はどんなふうに知ったのだろう？

ほんの十数年前までは「你好」すら知らなかったはずの老女による、とても明瞭な発音の漢語——中国語——の響きが、いつまでも頭から離れなかった。

●ノート　その3

町の名は、肇興。

さまざまな規模の鼓楼がそこかしこに見える。ゆるやかな流れの川沿いに並ぶ情緒ある木造家屋は、町の中心のほうから順々に観光客向けのホテルとして改装されつつあるという。

肇興を知ると、通り過ぎてきた侵渾（qīn hún）や、黄崗の素朴さが際立つ。

ここは先の二つよりもずっと、観光地として「洗練」されていた。

そう思うまもなく、観光客らしき家族連れが私の横をとおりすぎる。中国もゴールデンウィークの最中だった。私にも聞き取れる中国語で、中学生らしき少女が彼女の両親と会話をしている。〈どうしてわたしは、ちゅうごくごがききとれるのだろう〉

台湾人の父や母たちが喋っていたそれを、幼少期にたっぷりと聞かされていたから。大人になってからも、自分でそれなりにべんきょうをしたから。

視界の端をよぎる看板の文字を意識しながら私は歩き続ける。文字はどれも簡体字――中華人民共和国の文字改革によって制定された簡略化された漢字――で書かれていた。そのうちの一つ、「长沙臭豆腐」という看板に私の目は吸い寄せられる。いや、厳密には、その傍らに描かれた肖像画の人物が気になったのだ。案の定、描かれているのは毛沢東だった。絵の上には「毛主席愛吃的豆腐（毛主席の大好きな豆腐）」とある。

ここはやっぱり中国なのだなと思わされる。

台湾で目にする繁体字――簡体字に対して簡略化を経ていない漢字――の看板に、「毛主席」の姿がこんなふうにさりげなくまじっているのは、一度も見たことがなかった（今のところは）。

母や父の声をとおして記憶している中国語を改めて学びなおすとき、私は繁体字ではなく簡体字を練習した。台湾の小学校に通っていたなら、「我愛看書」と書いていたはずの文章を、日本の大学で私は「我爱看书」と書く。

「愛」が「爱」に、「書」が「书」にと、繁体字と比べて簡体字の画数が少ないのは、毛沢東率いる中国共産党が、文字を簡素化することで中華人民共和国の識字率を向上させようとしたためだ。一方その頃、中国国民党を率いる蔣介石（しょうかいせき）は台北に中華民国の臨時政府をおき、私の両親や彼らと同世代の台湾人たちに「中華民國才是中國（中華民国こそが中国だ）」と教え込んだ。

〈だからわたしは、ちゅうごくごがききとれる〉

両親の「母国語」であり、自分自身の「母国語」でもあったかもしれない言語を「第二外国語」として学ぶ私の教科書の表紙にはこうあった。

——実用漢語課本

黄崗村の老婆の物言わぬまなざしがふと胸に蘇る。それからほとんど唐突に、閃（ひらめ）いたのだった。そうか。私は、漢語（hàn yǔ）を学び損ねた漢人（hàn rén）、なのか。

復路　中国↓日本：二〇一八年五月二日

貴陽を出発したＣＺ６４６３便は予定どおり現地時刻11：20に広州に到着する。国際空港の入り口の前で私はしばしば立ちどまる。

「International, Hong Kong, Macao,Taiwan　国际，港澳台」

「国内」ではないが、「国外」ともみなさない。それが、中華人民共和国にとっての、香港、澳門、そして台湾。英語表記ではちゃんと「，」で区別されている三つが、「中国語」だと「港澳台」と一つのもののように記されている。

国际，港澳台。

あの「，」に親近感をおぼえる、と呟いたら、そばにいた今回の旅の同行者であり、私を〝遠く〟まで連れだしてくれた管啓次郎さんが可笑しがる。

――われわれにとっては、「中国」を相対化する絶好の機会かも。

この旅行によって、中国を、というよりは、自分自身を、今までとは別の角度から見直すことになった、と私は思う。少なくとも、日本語で生きている漢民族と自分を定義してみようとは、貴州に来なければ、たぶん思いつきもしなかった。それは、「パスポート」と「在留カード」そして「台胞証」に仰々しく記載された文字情報に目を凝らしているだけでは見出せない私の姿……羽田行きのCZ3085便に揺られながら、財布の中に残った紙幣を数える。ほんの数枚ほど。両替はせずにとっておこうと思う。すぐにまた、使う機会はめぐってくる。

「台胞証」の有効期限は五年。

次はどこへ行こう？　私の中国旅行ノートは、まだ余白だらけだ。

やわらかな「棘」と、「正しさ」の震え

二〇一九年三月某日。

腹ごしらえのために、近所のファミレスに行った。となりの席には、小学二、三年生と思われる男児ふたりと、その母親らしき四人連れ。学校あるいは習い事の帰りなのだろう。食事はとっくに終えたらしく、子どもたちはゲーム機で遊んでいて、母親たちはお喋りに花を咲かせている。聞き耳をたてていたわけではないが、「ほら、〇〇ちゃんのお母さんって、日本人じゃないから……」と聞こえてくる。続けて、もう一人の女性も声を低める。

「韓国人なのよね」

まるで、そのことが決定的な欠落のような口ぶりに私は耳を疑った。母親たちの会話を聞きつけて、

「うえー、〇〇のママ、韓国人なの？」

ゲーム機で遊んでいた男の子が言う。もう一人の子も、うげえ、などと同調している。心拍数が一気に速まるのを感じながら、子どもたちではなく、かれらの母親のようすを盗み見る。しかし、どちらの女性も息子たちを特にたしなめない。それどころか、母親のうちのひとりはこう続けた。

「それに、あそこのおうち、パパがいないからね……」

ふたりの母親が含み笑いを浮かべるのを、わたしは確かに目撃する。フォークを握る手が震えた。息が苦しくなってくる。しかし隣席の母親たちはひきつづきお喋りにいそしみ、子どもたちもふたたびゲームに集中している。要するに四人とも、何もなかったかのように、ありふれた午後の続きを送っている。でも、かれらの隣にいるわたしは、何もなかったかのように自分の時間に戻ることはできなかった。

——うえー、〇〇のママ、韓国人なの？

母親たちが、息子の発言を叱らないのは当然だ。かのじょたちの息子であるからこそかれらは、そのような発言をしたのだから。

——〇〇ちゃんのお母さんって、日本人じゃないから……

ぎこちなくフォークを動かすものの、好物のパスタの味がまったくしない。食欲など失せてしまった。

どこにでもいそうな、ごくふつうの男の子たちは、かつてのわたしの同級生だったとしてもおかしくはない。かれらの母親は、いつかのわたしの同級生の母親のうちのだれかと、よく似ているのかもしれない。

わたしは、日本人ではないという理由でクラスメートや友だちと思っていたひとから馬鹿にされたり、からかわれたりしたことは、幸いにも、めったになかった。少なくとも、わたし自身がはっきり自覚できるようなかたちでは。けれどもそうだからといってわたしは、自分は運がよかったのだ、とは言いたくない。それは、運などで、左右されるようなことではないのだ。

（うまれつきの差別者はいない。環境が差別者をつくるのだ……）

とうとうわたしは、握っていたフォークを半分空になったお皿のうえに叩きつける。けっこうな音だったと思う。母親の一人がこちらを見た。かのじょが息を呑むのがわかった。わたしはかのじょを見つめる。いや、睨みつけたといったほうが正確だ。けれども、ことばが出てこない。数秒ほど、そのような状態が続いたあと、あちらのほうから声をかけられる。

「……あの、どうかしました？」

――〇〇ちゃんのお母さんって、日本人じゃないから……

と言っていたほうの母親だ。どうかしました？　信じられないと思った。このひとたちは、自分たちの発言がどんなものなのかまるでわかっていないのだ。わたしは深呼吸ののちに口を開く。

「こちらの聞き違いでなければ、先ほど、お友だちのお母さんは日本人じゃないから、という会話をしてませんでした？……」

子どもたちがゲーム機から顔をあげる。子どもたちと目が合う。

「……苦手な友だちはだれにでもいるよ。でも、その子のお母さんがナニジンとかは関係ないんだよ」

ふたりの男児は戸惑っていたようだったが、わたしはかまわず続ける。

「日本には、日本語が理解できる外国の人もいっぱいいるんだよ。日本語は日本人にしかわからないと思って、外国の人たちが聞いたら悲しくなるようなことは言わないで」

日本人のように見えるし、日本の一員として生きてはいるけれど、日本以外の国にも根がある人たちがこの国にはたくさんいる。わたしは自分こそがそういう一人なのだとまでは言わなかった。いや、言えなかった。

「この方の言うとおりよ。わかった？」

わたしのことばを引き取り、子どもたちにそう言い聞かせたのは、どうかしました？　と声をかけてきたほうの女性だった。このひとは根っからのわるいひとではないのだろう、という思いが胸をよぎる。そのとたん、狂おしくなってくる。わたしは伝票をつかんで立ち上がる。お皿には半分パスタが残ったままだったが、これ以上、ここにはいられないと思った。隣席に近づく。子どもたちはふたりともうつむいていて、もうわたしのことを見ていなかった。わたしは気づいていた。ふたりいる母親のうち、もう一人のほうは終始わたしと目を合わせようともしなかった。韓国人なのよね、と言っていたほうのひとだ。どんな顔をしたらいいのかわからなかったのだろう。あるいは、わたしがうっとうしかったのか。いずれにしろわたしは、水を打ったように静かになった隣席の四人を前にして、申し訳ない気持ちが芽生える。わたしのせいで、かれらにとって楽しいはずの午後にけちをつけてしまったことが急に心苦しくなる。ほんとうは、お父さんがいないおうちの何がいけないんでしょうか？　とも言いたかった。けれども、これ以上はわたしのほうが耐えられそうにない。それでわたしは自分で自分に言い聞かせる。もういい。もう十分だ。これぐらいにしておこう。わたしはかのじょたちに謝る。突然すみませんでした。そして礼を言う。こういうことを言わせてくださってありがとうございます。

――〇〇ちゃんのとこ、お父さんいないから……

——だって、あの子は日本人じゃないもんね。

血まみれになるほどではない。けれども、わたしはあのとき確かに、まろやかな午後のファミレスで交わされたことばに孕む棘によって刺されたのだ。刺されたとはいっても、耐えようと思えば耐えられる程度の痛みではあった。でもわたしは、その痛みに気づかないふりをすることができなかった。（〇〇ちゃんやそのお母さんは、いま、堂々と生きていられてるんだろうか？）

この「棘」に刺されながらも刺されたことすら気づかぬまま痛みに耐えているだれかのためにもわたしは、ここに「棘」があるのだと堂々と声にしなければならない。そう思うからこそ、わたしはどちらかといえば不愉快なこの出来事についてあちこちで積極的に話した。

「……かのじょたちに絶妙のタイミングで気づきを与えたという意味では、自分がしたことは正しかったと思っている。かのじょたちにとってはそのせいで、よい一日が台無しになったとしてもね。

ただ、わたしは？

わたしの気持ちは？

なぜ、わたしのほうが、聞く耳をもってくれた日本人たちに感謝をしなければならないの？

なぜ、わたしのほうが、こんな会話はこの国ではありふれてるんだからいちいち噛みつかず、流そう。それが日本人のなかに溶け込んで暮らすときの、一種の処世術だって昔から知ってるでしょ、と自分に言い聞かせなければならないの？

なぜ、わたしのほうが、自分の悲しみや憤りを示すうえで、ここまで気を遣わなければならないの？

――この国はだんだん窮屈になった。言いたいことものびのび言えなくなった。

ひょっとしたら、わたしの存在は、ごくふつうの日本人たちにそのように思わせてしまっているの？

たとえそうであるとしても、わたしは、わたしたちは、いつまで日本人たちに気を遣わなければならないの？

この国にいさせてください、となぜ、わたしは請わなければならないの？

こういうことを言わせてくださってありがとうございます？

なぜ、わたしはあのとき離れる間際に、感謝などしてしまったのだろう？

――もう二度と、わたしや、ほかのどんなひとにも、こういうことを言わせないでください。

むしろ、そう言えばよかった。いや、そう言うべきだったのだ……」


はじめこそ、話しながら憤怒のあまり、涙ぐんだこともあった。この話をするわたしに耳を傾けただれもが、そのように憤るわたしを慰め、励ましてくれた。そのおかげもあり、決して愉快とはいえない出来事に遭遇した衝撃は徐々に和らいだ。そうして冷静さを取り戻すにつれて、〝差別的〟な態度の母親と息子たちを話題にするときの自分が、「正しさ」に酔い痴れてはいないか不安をおぼえるようになった。わたしは早々と気づいていた。この話をするときに、日本語が理解できるのは日本人だけではない、と半ば叫ぶように同意を求める瞬間の自分には、どのような異論をも挟ませない頑なさがみなぎっている。何しろ、この話を聞いてくれたひとたちは口を揃えて、あなたは正しいことを言っている、とわたしをなだめてくれたのだから。

——わたしは正しい。

その感覚は、やわらかな「棘」たちに刺されてきた痛みを声にしようとするわたしを鼓舞する。ただし、その感覚が行き過ぎるとわたしの声は甲高くなるばかりで、とたんに聞き苦しくなってくる。どんなに正しいことでも、聞く耳を持ってもらえないのなら意味はない。正しければ正しいほど、キイキイとけたたましく喚くだけでは届かない。とはいえ、ただ正しいことを正しいと訴えるのに、どうしてこんなにも得たいの知れない何かに対して忖度しなくてはならないのだろうとも思う。

要するに、たった今もわたしは、「正しさ」に溺れることなく、自分が言葉にするべきことを言葉にする、その責任の果たし方を模索しているのだ。

ウイルスよりも憂鬱

二〇二〇年三月某日

続けざまに、悪夢を見た。他の皆は国旗を振ってるのに、私にだけ旗が配られず輪の中から弾(はじ)き出される夢。それから、国旗を無理やり押し付けられて拒んだら我々はおまえを敵とみなす、と顔のない人たちににじりよられる夢。どちらも寝覚めは最悪。

何の暗示かは明確だ。

不快な頭痛に耐えながらPCを立ちあげ、Twitter を開くと「日本人の性(さが)」という禍々(まがまが)しい言葉が話題にのぼっている。どうやら今朝のテレビで、品薄になるというデマに煽られるがままトイレットペーパーを買い占めた男性が「わかってるんだけど買っちゃう。それが日本人の性」と喋っていたらしく、その男性に対する批判の嵐が吹き荒れていた。

——ふざけんな。おまえみたいなやつと一緒にすんな。

——日本人の誰もがおまえのようだと思うなよ。

当然だろう。日本人だからといって、みんな同じではない。どちらかといえば恥ずべき行為だとわかっていながらも、そうしてしまうのは「日本人の性」だから仕方ないと弁明する男性と一緒にはされたくないと怒る人たちの言葉遣いは、ほとんどが激情的だった。ふん、と思う。たとえばこれが、国際大会で金メダルを獲得したアスリートだったら、あるいは世界的に権威ある賞を受賞したアーティストだったら、と思う。要するに日本人初の快挙をなしとげた誰かについてのニュースだったら、この国の少なくない人たちはあっけなく「日本人はすごい」「日本人に生まれてよかった」「日本はやっぱりいい国だ」と言ったりもするのだ。

〈この矛盾は何?〉

国家と個人の結びつきは、強固なようでいて脆い。嫌な夢の余韻もあり、私は陰鬱な気持ちで確信する。自分はやっぱり国旗を熱狂的に振りまわす顔のない人々の群れが苦手なのだ。ある意味では、ウイルスよりも恐ろしくさえ感じる。

悪夢は、台湾で「私は台湾人です」というメッセージが日本語や英語、韓国語などさまざまな言語で書かれたバッジが売り出されたことを知ったときに始まった。発案者によれば、新型コロナウイルスの世界的な拡散を受けて、外国で欧米人に何度も避けられた辛さを経験したことがきっかけでバッジを製作したという。「台湾人に対してなら好印象を持つ人が多いので、あらかじめ台湾人と判別してもらえれば身を守れる」と。

中国・武漢が発生源とされるウイルスが世界的な猛威をふるう中、中国人にとってはもちろん、台湾人、日本人、アジア人全体が、特に欧米において、ただ東洋人であるというだけの理由で心無い差別の憂き目に遭っている。暗い気持ちで私は、台湾人が「己の身を守る」ために発案したというバッジに目を凝らす。

「I am Taiwanese」

「I am from Taiwan」

「저는대만사람입니다」

「私は台湾人です」

「大好き　台湾No.1」

「大好き」とは。この日本語の宛先を想像したとたん、ふつふつと怒りが湧く。いてもたってもいられず私は、まずは日本人に宛てて、Facebook に以下の文章を投稿した。

「私は中国人ではありません。台湾人です。だから差別をしないでください」は、差別です。

「あなたは中国人ではなく、台湾人だから差別はしません」も、差別です。

私なら、中国人ではなく台湾人なら好き、と平気で言ってのける日本人になど一切好かれたいとは思いません。どうぞ嫌ってください。

こんなバッジを好んでつけたがる人たちやそれを歓迎する人たちを、私は軽蔑します。

その後、「中国人ではなく台湾人なら好き、と平気で言ってのける日本人に好かれたところであなたは嬉しいですか？　そんな日本人と付き合いたいですか？」という一文を加えたものを友人に翻訳してもらって、台湾人に宛てて投稿した。

私は、「自分は台湾人だから差別しないで」と主張することは、言外に、台湾人でなければ差別していい、（同じ中国語を喋る）中国人なら差別してもいい、というニュアンスが否応なく読み取れると指摘することで、その意識はなくとも、べつの差別に加担してしまう危険がある、と主張したかった。自分もまぎれもない台湾人の一人として、「私は台湾人です」というバッジをつけることが内包する差別の可能性を見過ごせなかったのだ。

ところが日本語と中国語の文章を投稿して半日ほどすると、「台湾人は台湾人と言うことを差別呼ばわりしないで」「台湾は台湾です。そう主張することの何がいけないの」というコメントとともに私の文章をシェアする人たちがあらわれた。はじめこそ、見当違いだと流した。私には、台湾人が台湾人であるという事実を否定したつもりは微塵もなかったのだから。しかし私の〝バッジ批判〟を、台湾人のアイデンティティを否定するものとして受け取る人は私の想像以上に続出した。私に〝反論〟する形で、台湾人がこのようなバッジを必要とするのは台湾を国として認めない中国の圧力を恐れて台湾人や台湾という国家の存在をまともに認識しない日本や日本人のせいでもある、と訴える人もあらわれた。

――我々台湾人のこうした複雑な気持ちを理解できないなら、台湾を語る資格はない。

論点がずれてゆくばかりなので、顔のない無数の我々を私はいちいち相手にしなかった。しかしFacebook のメッセンジャー経由で「二度と台湾に帰ってくるな」「我々が台湾人であることを認めないおまえを絶対に許さない」「台湾人はおまえを受け入れないだろう」という中国語のメッセージが立て続けに届くとさすがに動揺した。以前、やはり匿名の人から「日本がそんなに嫌いならさっさと出てゆけ」という言葉を投げかけられたときのことを思い出さずにはいられなかった。

不特定多数の愛国心に溢れた台湾人による誹謗中傷がまったく辛くなかったとは言わない。いや、それは正直言って、ひどく辛いことだ。でもそれ以上にわたしは、今、この瞬間も、自分が育った国で、おまえビョーキうつすなよ、と言われて傷つく中国出身や中国にルーツがある子どもがいるかもしれないと想像すると、いてもたってもいられなくなるのだ。その子は、かつての私自身だったかもしれない。「私は台湾人です」というバッジが私にとって忌まわしいのは、クラスメートからバイキン扱いされたくないあまり、「わたしは中国人じゃない！　わたしは台湾人なの！　だからわたしをいじめないで！」と叫んでいる自分自身をまざまざと想像させるからなのだ。

〈我々の複雑な気持ち？　語るなら、個としての複雑さを語れ〉

私は考える。ある国——中国であろうと台湾だろうと、あるいは日本やアメリカでもいい——の政府がとち狂っていようが、その国で生きている人たちやその国出身の人たち、その国と繋がりがある人たちをその政府と同一視して、おまえはナニナニ人だからこっち来るな、と忌避していいという状況など許してはならない。これは、それこそ国境を跨いで保たれるべきモラルなのだ。

新型コロナウイルスによる感染拡大が一刻も早く収束を迎えるのを祈りながら、悪夢を断ち切るための正気を保つ日々が続く。

鼎談 個人史を解き、歴史を紡いで

小竹由美子×藤井光×温又柔

「ヒロヒト」を知らない日本人

小竹　このたび、拙訳でフィルムアート社から復刊されたジュリー・オオツカのデビュー作『あのころ、天皇は神だった』の推薦文を、藤井光(ふじいひかる)さんと温又柔さんに書いていただきました。今日は、こうやってお二人をお迎えしてお話しできて、とても幸せです。

藤井　僕は今回、人生で初めて帯文を担当したんです。素晴らしい作品にお声がけいただいて、さらに温さんとも隣り合わせで、こんなに嬉しい帯デビューはないですよね。

温　私も、じつは初帯だったんです。

小竹　なんと、そうだったんですね。

温　帯文のお話を喜んでお引き受けしたあと、藤井さんの推薦文と並べてもらえると知ったときは有頂天になりました（笑）。内容に踏み込むとただ幸福なだけでは済まない作品だと思うので、まずは冒頭でこの幸せを噛みしめたい、そんな気持ちです。

小竹　二〇一六年に『屋根裏の仏さま』（新潮クレスト・ブックス）というオオツカの第二作の翻訳を、亡くなられた岩本正恵（いわもとまさえ）さんから引き継いで完成させたとき、温さんと福岡でトークをしました。今回も、国や言語のあわいで小説を書くことについての興味深いお話を、たっぷり伺えるんじゃないかと思います。藤井さんは皆さんもご存じのように、キレッキレの英語圏の小説を次々と訳していらして、戦争や内戦に関連する作品も多いので、米文学やその歴史についてお聞かせいただけたら、天皇の代替わりもあることですし、そういう話題にも踏み込んでいきたいと思うんですけれども、まず導入として、お二人はジュリー・オオツカとどのように出会い、どういうふうに作品をお読みになられましたか？

藤井　最初の出会いは、二〇一一年に「GRANTA」（vol. 117）に掲載された、短編「Diem Perdidi」だったと思います。

小竹　柴田元幸（しばたもとゆき）さんの訳で、「すばる」（二〇一六年十二月号）に掲載されましたね。

藤井　「She remembers...（彼女は覚えている）」と「She does not remember...（彼女は覚えていない）」で始まる文を連ねて、数世代の日系人の経験を交えつつ母親の認知症の進行をとらえたあの作品がすごく好きで、大学の授業でも学生たちと読みました。学生も気に入って、翻訳の実践課題でこの作品を選んで訳す人がいたりしたんです。僕はオオツカの文章のリズムが好きで、短編を読んですぐに『あのころ、天皇は神だった』の原書を手に入れて読みました。短編から入って長編を読み進めているうちに、フィルムアート社から復刊の話が進行していることを聞いて、すごく楽しみにしながらこの日に至ります。

温　私は、「写真花嫁」として百年前に日本から渡米した女性たちについて書かれた『屋根裏の仏さま』を発売時に本屋さんで見つけて、表紙に惹かれて手に取ったことがきっかけでした。軽い気持ちでページをめくってみたら、「わたしたち」という一人称複数で書かれていて、出だしから心を鷲掴(わしづか)みにされたんです。そして著者名を見ると、どうやら日本系の「オオツカさん」らしい。私は自分が非日本系の名前を持ちながら日本で育ったのもあって、その逆の、日本風の姓を持って英語圏で生まれ育ったオオツカが、「写真花嫁」という彼女の祖母や曽祖母の世代にあたる女性のことを書いていることがとても興味深く思えました。しかもその作品が、オオツカにとってはおそらく限りなく外国語に近い言語でありながらも、彼女の曽祖父母や祖父母にとっては母語である日本語に翻訳されてここにあるという事実に、とてつもなく感動したんです。

小竹　いま、非常に重要な点を指摘してくださいました。著者名がオオツカで、日系人について書いているので、つい彼女を同じ国に生まれた同胞のように錯覚して、日本で生きてきた自分に過剰に寄り添わせてしまいそうになるんです。でも、彼女が描いてるのは、あくまで日系アメリカ人。翻訳中も、「この人はアメリカ人だ」と常に自分に言い聞かせていました。

『あのころ、天皇は神だった』の第三章で、主人公の一人である「男の子」がその母親に「天皇陛下のお名前を口にしてはいけません」と言われ、子どものことですから、ダメよと言われたことはかえってやりたくてたまらなくなってしまって、「ヒロヒト、ヒロヒト、ヒロヒト」と小さい声で囁(ささや)くシーンがあります。最初にこの箇所を読んだときに、違和感を覚えたんです。というのも、天皇家は苗字がなく名前だけで、その名前もいわゆる諱(いみな)なわけですよね。ひょっとしたら、当時日本で教育を受けていた一般の子どもたちは、「裕仁」という名前すら知らず、天皇陛下や今上天皇という言い方はあっても、「ヒロヒト」と唱えてみるなんてことは考えられなかったんじゃないか。

英語圏で皇族や王族について言及するときは、「アーサー王」なら「King Arthur」のように、称号（タイトル）にファーストネームを付けるのが当たり前ですから、マスコミで天皇のことを話題にする場合は「Emperor Hirohito」と名前が示されるわけですね。そうすると、作中の男の子が「ヒロヒト」と認識できているのは、あの子がアメリカ人だからこそなんだ。そのことに気づいたとき、「この作家も、この登場人物たちも、日本人ではなくアメリカ人として向き合わなければならない」と痛感したのでした。当時の西海岸では、十六分の一でも日本人の血が入っていたら強制収容されていたんですよね。そんなに多くのアメリカ人が、そこで収容所生活を余儀なくされていたという事実の惨（むご）さがいっそう身に迫ってきた。そういったことを意識しないことには、作品の本質は汲み取れないんじゃないかと思いました。「日本人がこんな目に遭った」とか「アメリカ人は酷い」なんて片づけ方をされてはいけない。彼らはみんな、アメリカ人だったんです。

温　「ヒロヒト」と男の子が唱える場面はあまりに象徴的です。実は帯文の候補として「ヒロヒト、ヒロヒト。有刺鉄線の内側で男の子は禁じられた言葉を唱える」というのがあったのですが、表紙に「神」と「ヒロヒト」が並ぶのは妙に禍々しい気がして、べつの文章を選びました。日本人にとっては名前のない人なのに、英語圏の人たちにとってはむしろ「ヒロヒト」だというのは、不思議な現象ですよね。

藤井　その場面は僕もすごく印象に残りました。さらに圧倒されたのは、あれだけ「裕仁」の名前が連呼されるのに、作中には登場人物の名前が一切出てこないということです。父、母、姉、弟で構成される四人家族を描いた本作では、「父親」「母親」「姉弟」、あるいは「女の子」「男の子」と、徹底して名前は伏せられているんですよね。固有名が与えられると、読んでいるこちらは、頭の中でその人物の具体的な姿・形をイメージし始めますよね。断片的な情報をコラージュしながら、どんな背格好でどんな服を着ているか、像を結ぶようになるんですが、この「匿名性」によって読み手は、個別の人物に肉付けをするのではなく、それぞれの存在を通して作品世界を観察するような感覚を覚えるのではないかと思います。個々の経験も当然ながら重要なんだけれど、彼らを通して見えてくる周りの人たちの様子や発される言葉が、マイクに拾われるようにして、次々に、時には脈絡がないものまで、物語に取りこまれていきますよね。

戦時中の強制収容という題材を、例えば青春物語、苦難や救済、あるいは和解の物語にすることって、じつは容易なんだと思います。主人公を一人立てて、内心で思っていることや他者に対して発したい言葉で紙幅を埋め尽くして、その主人公が満足したところで話が終わる。それはそれで良いかもしれないけれど、あくまでその登場人物の物語に過ぎず、消費され、後に残るものが少ないんじゃないかと思います。

小竹　オオツカの小説は、安易に流れてしまうのを、断固拒んでいるんですよね。

藤井　そうなんです。シーンの情景にも、ふと書き込まれる言葉にも、読み手である自分がその渦中にいる者として取り憑かれる感じがすごく強い。過去について、「こんなことがあったんだ」なんて他人事の距離がいっさい取れなくなる、このことがすごく大事だと思います。オオツカの物語作者としての芯の通り方は尋常じゃないんですよ。

史実とフィクションの距離

温　歴史的事実を素材に小説を書こうとするなら、物語の組み立て方や対象との距離の取り方というのは、小説家として本当に切実な問題です。共感した、とか、作中人物に感情移入しながら一気に読んだ、といったように安易な理解を許してしまう作りでは、「小説」としては底が浅いようで……もちろん史実そのものを伝えることが最大の目的なら別なのでしょうけど、私はどうしても「小説」を「小説」たらしめるには何が必要なのかということばかり考えてしまいます。藤井さんがおっしゃったように、名前を付けて、それっぽいキャラクターを立てて、それに沿うストーリーがあって、結論はこうなりました、という書き方は、史実をいかにもわかりやすい物語として消費させてしまう危険がある。『屋根裏の仏さま』も『あのころ、天皇は神だった』も、痛々しい歴史的事実の蓄積に対して、その過去を消費させまいと、一人の作家が手法を尽くして闘っていて、そのことがどうしようもなく刺さるんです。

小竹　オオツカは、史実に関して徹底的に調べたそうです。当時のこの日の天候はどうだったかというところまできっちり調べて、リアルな世界を立ち上げていった。そういった入念さに加えて、子どもの視点の用い方も非常に巧みだと思います。例えば、収容所生活は「男の子」の視点で語られていますが、彼の周りの日系人の大人たちが中国人について発する蔑みや偏見の言葉が、そのまま書かれているんです。これがもし大人の視点だったら、よりどろどろした形で表現されていたんじゃないかと思いますが、偏見や先入観なしに、子どもが大人の言葉をそのまま信じ込んでいる状況が描かれることで、当時の事実が鮮やかに提示されている。

温　事実に対して細心の注意と敬意を払っているからこそ、〝未来人〟としての歴史に対する評価は徹底的に排除され、リアリティだけが迫ってくるんですね。移民による文学には、当事者よりもあとの世代が、自身の祖父母や曽祖父母の歴史を辿って、いま生きている文化にどのようにその経験を反射させるか思索するものが多いように感じるのですが、そういった文脈の中で、藤井さんはジュリー・オオツカのこの作品の固有性はどんなところにあると感じられましたか？

藤井　アメリカの移民二世、三世の作家の場合、書き手が過去に手を伸ばして、そこから何かを現在に持って帰ることで、「自分のいるべき場所」を追求し、自らに明確な基盤を与え、成り立ちの背景を説明しようとする傾向があると思います。一方で、オオツカは次元が違う書き方をしていて、そこには「基盤」を求める姿勢がないんです。オオツカの小説に登場する人々の経験の多様性は、「日系人」という一つの基盤に束ねられることを、むしろ避けている。列車で集団移動させられる場面では、「女の子」が通路を行き来しながら、収入も社会的地位もまったく異なる人たちに次々に出会います。共通項といったら、他者から日本人であるとみなされて移送されている、その一点だけにも思えてくるんですよね。その中の誰かに特別に感情移入したり、自己と同一化することはない。収容所に行ったら、そこには英語の辞書に赤鉛筆で一生懸命に線を引きながら言語を習得しようとしている人もいれば、収容所のほうが楽に暮らせるという人もいて、ごく当然のこととして、「私たちは括られないのだ」と意志を表明しているわけです。

温　アイデンティティが揺さぶられやすい移民が、自分たちは何者なのかを周囲に宣言するために、祖先が歩んできた道のりを筋道だった物語として示したがる衝動は止むに止まれないものだと思います。私自身、自分の台湾の祖父母の話も書きたい。でも、藤井さんの表現を拝借すれば、一つの基盤に束ねられるような「在日台湾人の物語」を作ることは絶対に避けたいと思ってます。それでは単に、「こんな歴史があって、こんな目に遭って、それでも強く生きてきた私たちを知ってください」と日本社会に告発するだけのものになりさがってしまうので。

小竹　単に体験記のようなものになってしまうと、文学ではないですもんね。

温　そうです。ただ、英語圏では文学の創作コースにいる移民二世、三世の学生が、「君はおじいちゃんがボート・ピープルで大変だった話を書けばいいじゃん」といったようなことを白人の同級生から言われることもあるとか……。

藤井　書き手本人たちが思っている以上に、移民であること自体がアメリカ社会でブランドになっていて、「移民の人たちの物語にも感情移入できる私たち」と言わんばかりに、マジョリティ側の需要が高まっている状況は確かにあるんですね。そういう消費体制みたいなものは、残念ながら確立してしまっていて、書き手側が、その敷かれたレールに素直に乗れずに違和感を抱いているのが、二十一世紀の今の現実なんじゃないかと思います。

小竹　同じく日系アメリカ人作家のシンシア・カドハタが、出自にこだわることはしたくないという姿勢で書いていたようですが、「日系なのだから、そういった主題も書くべき」と言われたこともあって、強制収容をテーマにした『草花とよばれた少女』という作品を書いていますよね。

温　一つの誘惑だと思うんです。私も、日台の絆を讃えるような、時代も国境も越える愛の物語を書けば、ある層の読者には確実に喜ばれるのでしょう。でも、そんなものは絶対に書きたくない（笑）。さらに言えばアメリカとちがって今の日本では、日本国籍でない日本育ちの私が日本語で小説を書いているというだけで特別視する方もまだわりと多い。その意味でも私は、移民であるという「ブランド」に対するオオツカのこのストイックさには感服します。「誰にも消費されるものか」という怒りと、「事実はちゃんと伝えてやる」という意地みたいなものが結晶化されていることに、つくづく感動します。日系アメリカ人の書き手としての闘いを、彼女は英語圏の内部で続けているんですよね。

「本物」を定めるのは誰？

小竹　温さんが「すばる」二〇一八年十二月号に「誇り」という作品を発表されました（『永遠年軽』〔講談社〕に収録）。私はこの短編を、『あのころ、天皇は神だった』という長歌に対する反歌じゃないかと思っているんです。冒頭に、こんな一節があります。「祖父は、自分はあるときまで日本人だった、と私に誇ってみせた。大伯父は、自分はあるときから日本人にさせられた、と私に言って聞かせた」

日本に生きる「私」の祖父と大伯父は、日本占領下の台湾で生まれ育って、日本人にさ、せ、ら、れ、た人たちなんですよね。しかし、両者のなかで、その過去の捉え方が、「誇り」の持ちようが異なっている。そんな境遇を、台湾にルーツを持つ温さんが日本語で小説にしているということが、日本にルーツを持ち英語で小説を書くジュリー・オオツカの作品と重なり、同じ第二次大戦の時代の二つの地点を、奇しくもこの二人の書き手の作品で読み、理解を深めることのできるこの偶然に、感激しました。

温　そのようにおっしゃっていただけて、私こそ感激です。まさに帯文を書くために『あのころ、天皇は神だった』のゲラを読んでいた時期に、ある記憶が突然生々しく蘇りました。私が通っていた法政大学の市ケ谷キャンパスは靖国神社の近くにあるのですが、ある日、電信柱に貼ってあった「台湾人元日本兵士の補償問題」というビラを見かけたんです。当時の私は、日本人の同級生たちよりは台湾のことを知っているつもりでいました。祖父母や大伯父の世代の台湾人が流暢な日本語を話せることなどをとおして、台湾が日本の植民地だったという歴史は子どもの頃から非常に身近なものだったから。それなのに「台湾人元日本兵士」という表現を前にして、これはなんだ？　とすごく驚いた。歴史の教科書に一、二行そういうことは書いてあったかもしれないけれど、こういう人たちの存在について真正面から私に教えてくれた人は台湾人にも日本人にもいなかったんです。

以来、ずっとそのことが引っかかってはいたものの、なかなか文学には昇華できずにいました。でもオオツカの小説に触れていたら、天皇陛下万歳と叫びながら戦場に行った元日本人たちのことを思いださずにはいられなくなり……ちょうど日本国内に蔓延する「改元」ムードみたいなものへの違和感にも後押しされました。平成はともかく昭和は「日本列島の中」だけでなく、台湾をはじめ日本の植民地だった地域の人々も共有させられていた元号なのにな、と。それで私も昭和天皇が「神」だった頃のことを書いておかなければと、ほとんど発作的にあの短編を書いたのです。

小竹　「誇り」は、アイデンティティとか、台湾と日本との歴史的なしがらみに加えて、いまの #MeToo 運動やフェミニズムまで含んだ、ものすごく濃密な短編です。

温　とても励みになります。私はポストコロニアリズムの問題とジェンダーの問題に強い関心があるんです。二つの問題の核は、密接に繋がっている。というのも、植民者は被植民者に対して、「かわいい」「育てがいがある」から、「進歩させてあげよう」「教育を施してあげよう」というような態度で接しがちです。被植民者のほうもまた、力のある者の庇護下で「成長したい」「相手に認められたい」と望んでしまう。こうした、出発点からして不均衡な関係性というのは、社会的にも肉体的にも「力」を持つ男性と、「知識を得たい」「学びたい」と願う女性の関係と通じるものがあるんじゃないかと。

たとえば未熟な若い女性が、自分をよりよい世界へと導いてくれると信じている年上の男性を仰ぎ見ているとき、成熟しているはずの男性のほうが自分を慕っている女性の潜在的な可能性を生かしているかどうかを考えると、むしろ殺してすらいるかもしれない。彼が彼女を可愛がるのは彼女が自身のコントロール下にあると安心しているからなんですよね。そうした非対称的な男女関係を植民地の問題と重ねたくて「誇り」という作品はあのような構図になりました。

藤井　僕も、「誇り」を大変おもしろく拝読しました。先ほど温さんがおっしゃっていた「力」を持つ立場の男性として、白石という男性教師が出てきますが、彼はすべて自分の都合で他者を動かしているんですよね。「都合が悪くなったら切り捨てることもできるんだ」という傲慢さを常に表に出しているような人。それが宗主国と植民地の関係と繋がるというのはすごく納得しました。加えて、彼は自身を、誰か、あるいは何かが「本物」か「偽物」であるかどうかを決められる立場にあると信じて疑わない軽率さも持ち合わせている。「本物の日本人」「純粋な日本人」のようなものを、自分が定めてしまえるんだと。

この問題は、ジュリー・オオツカも向き合っていますよね。「本物の日本人であれば、天皇を崇拝し、天皇に忠誠を誓うだろう」という論理の危うさ。でも、天皇はあるとき、自らを人間であると宣言して身を引いてしまった。その瞬間に、日系人と「天皇」の繋がりも、一方的に断ち切られるわけですよ。切り捨てられてしまった十万人以上の日系アメリカ人の収容所生活を、その関係を切った側の人間は想像すらしない。現代にいたるまで、結局、マジョリティは同じ搾取と差別をくり返し続けているということに、なんともやるせない気持ちになります。『あのころ、天皇は神だった』と「誇り」はそういうところでも響き合っていると思いました。

小竹　「誇り」を読んで、その気持ちをさらに確かにしましたが、本物の日本人かどうかに固執して、その日本人らしさを保つための努力をする、そんな不毛なことはないんですよ。本物であるか否かを定められるのは、自分自身だけなんですから。そして、「一体私は何人なんだろう？」と問わざるを得ない人たちに、その悩みを抱えぬまま生きている私たちは、いつも思いを馳せなければなりませんよね。

温　いまの日本には、日本を取り戻す、とか、美しい日本を守ろう、といった言説が溢れています。私にとっては、自分を「本物」の日本人だと信じて疑わない人たち同士の茶番に見えてしまう。彼らは、自分たちにとって都合のいい歴史だけを「真実」と言ったりするし。『あのころ、天皇は神だった』はアメリカの小説ですが、ここに書かれていることは、アメリカの歴史であると同時に歴然とした日本史の一部でもあると思うんです。こうした歴史からも学べば、もっとまともな「誇り」を取り戻せるんじゃないかな、なんて私は思うのですが。

小竹　「誇り」っていうのは、いろいろと過去とか現実とかを見て、全部きっちり向き合ったうえで、持てるものであって、根拠のない「誇り」はただの傲慢だと私は思うんですよね。傲慢だし、嘘だし、フェイク。

温　そうなんですよね、割り切れなくてもいいし、納得できなくてもいい。見たいものだけ見るというのが一番怖い。みんなそれぞれに偏っていると思うんです。私は、「本物」の日本人とはみなされない立場で生きてきたという「偏り」を、自分の個性だと思って大事にしたいと考えています。というのもこの位置からは、大多数の日本人たちが見落としがちなものが見えやすいので、見えたら見えた分はなるべく言葉にしたい。そうすることで、日本の思いがけない側面を見出してもらって、そのうえで先々に繋がる話ができたらなと思うんです。

ただ、最初から自分の見たいものだけを見ようとする人もいて、しかも、そういう人ほど私を日本の敵か味方かと線を引きたがる傾向がある……。

藤井　アウシュヴィッツの強制収容所から生還したイタリアの化学者・作家、プリーモ・レーヴィの『溺れるものと救われるもの』の中に、「灰色の領域」というエッセイがあり、今日も読み返しながら来たのですが、そこでレーヴィは収容所を観察しながら、現実の複雑さについて考察しています。人は言語を使って「善悪」のような単純なモデルで理解したがるけれども、結局、大部分の人が属しているのは白黒つかない「グレーゾーン」であって、そこで人は、諦めや妥協や無知に陥り、なおかつ、権力を振るえる立場が近くなれば、そこに引き寄せられていってしまう。そういった人の本質的な脆さを見据えなくてはならないと。特定の物語によって、自分は「善」で自分や自分の属する集団以外は「悪」という二項対立は簡単に作れるものだけれど、重要なのは、お互いが灰色の領域にいると自覚し、どのように対話をすることができるか、一緒に生きていくことができるのかを考えていくこと。これは、白黒つけることに躍起になるよりも、未来にとってははるかに有益な試行錯誤ですよね。

「純粋」に抗うための文学

小竹　ジュリー・オオツカのインタビュー記事を読んでいると、強制収容で酷い目に遭った日系アメリカ人が戦後に解放されてまず考えたのは、とにかくアメリカ社会に溶け込まなくてはいけない、目立ってはいけないということだったと。真珠湾攻撃以降、日本にまつわるものは焼く、捨てる。異質であってはならない、存在を強調してはならないという強迫観念が強くあって、酷い目に遭った体験を恥と感じるような傾向もちょっとあったんじゃないかなという気がします。収容されていたのは自分たちの責任ではないのに、その過去に対する羞恥心があって、後世に伝えていなかったというのもあるのかなと。

じつは、私の娘は、お二人と同じ一九八〇年生まれなんです。私の年代は、親戚に当時の満州や台湾に行っていた人がいて、「あの人は朝鮮の女学校を出ている」みたいな話をごく普通にしてきたけれど、娘世代の人たちには、台湾や韓国の人が同じ日本国民だったという歴史が、もうひとつ継承されていないような気がしていて。日本が帝国主義で植民地支配をしていたことは、ちゃんと認識されているんだろうかと不安になるんですよね。台湾に旅行に行って、日本語がペラペラの人がいてすごく助かったっていう話はするんだけど、じゃあどうしてそういう人がいるのかという問いにまでは辿り着かない場合が多々あると思います。温さんや藤井さんの世代は、歴史をどのように受け止めてきたのか、伺ってみたいです。

藤井　教科書ではもちろん習いますが、すごく漠然としていると思うんですよね。僕の祖父は戦争体験者で、中国、インドネシアほか、様々な国に行っていたはずなんです。ところが、聞かせる必要はないと思っていたのか、語ってくれないんですよ。僕が中学生になった頃に祖父は亡くなったので、詳しく聞けないままになってしまったんですが、オオツカの小説にも出てきたし、広く言われていることでもあると思いますが、戦争体験者が何も知らない子どもたちへの記憶の継承をためらっていたんですよね。すぐ下の世代はそれぞれの境遇を立て直すために精一杯でそのことには関心を持たずに育ち、それが三世代くらい時を経て、「いったい何があったんだろう」と遡り始める。僕らはそういう世代なんじゃないかなと思うのですが、温さんはどうですか？

温　教科書なんかもそうですし、テレビとかメディアがイメージさせる「戦後日本」のスタート地点とその後のおおまかな流れは、「戦争でボロボロになったけれど、みんなで団結して復興できた。好景気をさらに発展させていこう」というものでした。テレビでは戦時中の映像が白黒で流れることも多かったけれど、小学生のときは友だちと体育館でジュリアナ東京で扇子をふるお姉さんたちの真似なんかしていたような時代でしたので（笑）、その落差もありましたね。戦争などという恐（こわ）くて悲しい出来事があったのは大昔のことだと印象づけられました。やっぱり小学校の頃、友だちのお母さんが、自分の父親は台湾で生まれた、と声をかけてくれたことがありましたが、今思えばそういうことがもっとあってもおかしくないはずなのに、めったになかったですね。藤井さんがおっしゃるように戦争があったという歴史は手を伸ばせばすぐそこにあるはずなのに、大人たちがそこから少しでも遠ざかろうとしている中で私たちの世代は育ったのだと思います。

小竹　今回、翻訳のために関連するものを読んでいてびっくりしたのが、西海岸が軍事地域に指定されて収容所暮らしを強いられた日系人がいたにもかかわらず、東海岸に住んでいる日系二世、三世のなかには、その存在すら知らない人たちがいるということ。同じ日系人なのに信じ難いと思ったのですが、歴史の継承の希薄さはアメリカや日本に限られたことではないんでしょうね。

藤井　じつは、先ほど述べた僕の祖父は、陸軍中野学校の出身で工作員としてあちこちに派遣された人だったんです。戦後も、一般の兵士とは少し違う、ちょっと特別な目で見られるような立場にあって、政治的な追及から逃れるため、戦後に二つ目の名前を持ったんですよ。おじいさんには二つ名前があるというのは、子どものときの僕にとっては、普通のことだったんですね。使い分けの基準もわからないし、どちらが本名かも知らないけれど、「まさゆき」になるときもあれば「としまさ」のときもある。

温　合わせ鏡のような、双子のような状態ですね。

藤井　ええ。僕はずっと、おじいさんくらいの年齢になったら、名前を二つ自在に使い分けられるようになる、賢者の称号のように思っていたくらいなんですよ（笑）。とにかくそういう立場だったので、戦後もそれなりに優遇されて、祖父の代から僕まで至っている。自分のなかの祖父は、将棋好きで、ときどき入れ歯が落っこちるおじいさんなのですが、「中国にはもう二度と行かない」と言っていたし、自分の息子、つまり僕の父には、「夜中汗びっしょりになって目が覚めることがある」と打ち明けていた。祖父が戦中に何を考え、どんな行動を起こし、誰に影響を及ぼしてきたのか、僕には想像することしかできないけれど、そんなふうに僅（わず）かながらも戦争と関わりがあったから、僕は今こうして文学と関わっているんじゃないかと個人的なレベルでは思っているんです。歴史を我が事として抱えながら生きるためには、どのように物事を見つめれば良いか。そのヒント欲しさに、物語と接しているところがある。そして、文学にしかできない方法で現実と向き合えるはずだと、その力を信じてもいます。

温　私にとっても文学と関わることは、あえて聞こうとしなければ聞こえてこない声と積極的に出会おうとするためにあると思っています。自分のそれまでの世界観が揺さぶられ、気づけば深い問いの波に呑まれている、そういう体験を生むのが小説なんじゃないかと。いまの日本には、「純粋」でいたい願望が蔓延していて、自分たちが信じている物語の「純粋さ」を疑わせるような言説は、別の誰かにとって切実な事実であっても不純なものだと敵視し、排除してしまおうという風潮がある。でも、そんな状況だからこそ、答えではなく、問いを与えてくれる文学は以前にも増して必要になってくるのではないかと思うんです。

小竹　答えが見つからない事象を、ただ剝き出しで見せてくれるのが文学ですものね。三十歳を過ぎて創作を始めたオオツカは、日系人である自分を見つめた先に湧き起こった記憶の感触に衝撃を受け、「自分が書いていくテーマはこれだ」と確信するのですが、執筆のための調査を始めたころには、証言を聞こうとしていたお母さんは認知症になっていて、出だしから右往左往する、そんな状況だったそうです。でも、どんなにおぼろげな記憶の断片でも、掬い出して、史実と照らし合わせながら、文学として継承していくことができる。この可能性と重要性を、お二人とお話ししながら再確認できたように思います。そしてこれは、「文学はなぜ必要か」という命題に対する一つの答えだろうと確信しました。今日は本当にありがとうございました。

◆ジュリー・オオツカ（Julie Otsuka）　一九六二年、米国カリフォルニア州生まれ。作家。戦後アメリカに移住した航空宇宙エンジニアである父と、日系二世の母を持つ。イェール大学で絵画を学び、コロンビア大学大学院で美術学修士号取得。二〇〇二年、小説『あのころ、天皇は神だった』を発表。一一年『屋根裏の仏さま』で、PEN／フォークナー賞、フランスのフェミナ賞外国小説賞ほかを受賞。同書は全米図書賞最終候補作となった。

◆小竹由美子（こたけ・ゆみこ）　一九五四年、東京都生まれ。翻訳者。早稲田大学法学部卒業。訳書にアリス・マンロー『イラクサ』『林檎の木の下で』『小説のように』『ディア・ライフ』『善き女の愛』『ジュリエット』『ピアノ・レッスン』、ジョン・アーヴィング『神秘大通り』、ゼイディー・スミス『ホワイト・ティース』、カリ・ファハルド＝アンスタイン『サブリナとコリーナ』、ジュリー・オオツカ『屋根裏の仏さま』（共訳）ほか。

◆藤井光（ふじい・ひかる）一九八〇年、大阪府生まれ。東京大学大学院人文社会系研究科准教授。訳書にテア・オブレヒト『タイガーズ・ワイフ』、セス・フリード『大いなる不満』、ダニエル・アラルコン『夜、僕らは輪になって歩く』、レベッカ・マカーイ『戦時の音楽』ほか。二〇一七年、アンソニー・ドーア『すべての見えない光』で日本翻訳大賞を受賞。著書に『ターミナルから荒れ地へ』『21世紀×アメリカ小説×翻訳演習』など。

躓きの記憶

私はずっと日本語で話し、日記も日本語で書き、日本語に支えられて生きてきた人間だった。しかしあるとき、「日本語は日本人のものだ」という感覚が生じ、躓くのを感じた。「日本人でない自分は他人のものを使ってこんなに呼吸して、他人のものを使って成り立っていたんだ」——そんな感覚に、ふいに囚われてしまったのだ。

知らず知らずのうちに「国民国家」という幻想を叩き込まれ、いや叩き込まれたというよりもっとやわらかく、日本語は日本人が話すもの、中国語は中国人が話すものだと自ら思い込んでいて、それゆえに、「国」と「言語」が合致していない自分自身はどんな言葉を紡いで良いのか、分からなくなってしまった時期だった。そんなとき、私に大きなヒントを与えてくれたのが李良枝の言葉である。

「何を言おうと、言葉を吐くこと自体がすでに彼女自身を裏切り始める。」（『刻』）

躓きから立ち上がるもう一つのきっかけは、母の言葉だった。

母は、たとえば日本語で「電気を点けなさい」と言うところを「電気を開けなさい」と言う。これは中国語で「閣電」という言葉がまず出てきて、そして「電気」と「開ける」という日本語は知っているから、「電気を開けなさい」という言葉になって出てくるのだが、子どものときの私は母のこうした正確でない日本語を友達に聞かれると、変に思われないかいつもはらはらとした。
でもあるとき、母の「言い間違い」の中に、「国語」に縛られない日本語の豊かな世界が広がっていることに気づいた。母が乱発するおかしな日本語を「ノイズ」のように思っていたのに、その「ノイズ」と思い込んできた部分こそが、実は私の「糧」かもしれないと思った。自分が本当に自由になり、大きく解き放たれたように感じたのは、まさにこの気づきを得たときだったと思う。

……あいのこでも、なかなか似合うもんだなあ。
そのことばは、私たちのような子どもを侮蔑するためにある。でも、そのことがどうして私たちをおとしめることになるの？（中略）
「アイノコって響き、愛の子どもみたいだなあって」
ダジャレみたいな思いつきに、私の友だちふたりは一瞬ぽかんとしたが、ミーミーらしいよ、とすぐに玲玲が笑う。それならおれたちは愛の子やね、という舜哉の声も明るい。（『真ん中の子どもたち』より）

『真ん中の子どもたち』は、実は『愛の子たち』という仮題を立てて書いた作品だった。「アイノコ」はもともと侮蔑的な意味を持つ日本語だが、日本統治期に台湾にいた日本人たちの影響で、それを台湾の人たちも使っていて、要は負の遺産ともいえるものだ。

この小説を書くこと自体が私にとって、その言葉を奪い返し、自分にとって新たな意味を与える試みだった。

ただ、版元の担当者と話し合う中で、歴史的に侮蔑的な意味を持つこの言葉を作品の題名に採用すると、そのことだけで誰かが傷つくかもしれない、それは望むところではない、という結論になり、『真ん中の子どもたち』という題名になった。

一方、（単行本の帯に使われている）「国境を越えて」という表現は、自分としては使いたくない表現だった。国境という「線」そのものを問いたい、「線引き」をめぐる小説だったし、国境を越えるという表現は、国と国をへだてる線が明確でなければ成り立たない。作品の核心にあるものとズレてしまわないよう、最後は「私たちの言葉は国境を越えて羽ばたく。」という帯文に落ちついた。国境を越えるのは、私たち自身ではなく、私たちの言葉だ。これなら日本語の中に中国語があったり、日本語と中国語の境界が溶けるという意味で、理想的だと納得した。

ときに、私を応援してくださる方の中に「温さんもいつか、日本人だけが登場する作品を書いてほしい」と言う人がいる。

そう言う人は、日本文学の「真ん中」は日本人だけの世界である、ということを疑わず、「温又柔は、今は『周縁』の問題を書いているけど、筆力があるなら（日本文学の）中心に来るべきだ」と考えているのかもしれない。

でもたとえば、こういう類の人は、日本人の作家に対して「いずれは台湾の女の子についても書かなければ、あなたを作家として一人前とは認めない」という態度はとらないのだろう。ここに力関係がすでに存在している。私の味方をしているように見えて、実は自分の立ち位置は一ミリもずらさず、安全な場所に居て、そこから「応援」してくれている。

よく知られるように、トニ・モリスンやジェイムズ・ボールドウィンといった作家たちは「いつかは普遍的な小説を書いてくださいね」と言われたことがあるそうだ。それはつまり、白人が出てくる小説を書いてください、ということ。だけどその逆はない。白人の小説家に向かって「青い目を欲しがっている黒人の少女の小説を書いてこそ、あなたも一人前になれるでしょう」と親切に〝アドバイス〟する人はいない。中心とはどこか、普遍とはどこかということを考えたときに、実はそのことを考えないで済む人たちが中心や普遍をずっと占有しているのだ。それに対して、その中心の場所にいない人間たちが、中心て何？　とずっと問い続けている。

私は、外国に何かしらのルーツを持ちながら日本に住む人たちをまず意識して作品を書く。私が自分自身をさらすことで、自分と同じような境遇の人たちが「自由に発言していいんだ」と思ってもらえるならとても嬉しい。要するに私は、日本人であろうと、そうでなかろうと、何人であろうと「ここに居ていい」と言いたい。

最近やっと、外国にルーツを持つ人々が声を出すことができるようになった。それがちょっとしたブームになっていて、そのこと自体は、大いに歓迎するべきことだと思う。ただ、その中に、「日本人に受け入れやすいかたちで自分の語りを構成」しているものを見かけると複雑になる。「私ってめんどくさいよね」とか「こんなにがんばって生きているのだから、受け入れてください」といった調子のものは特に胸が痛くなる。

私からすると「居ていいんだよ……」と言いたくなるのだ。日本人の「許可」を取る必要はないし、ましてや、不特定多数の日本人の顔色をうかがう必要だって本当はないんだよ、と。

ただ、それは私が既に（日本の中で生きる）「場所」を獲得しているから言えることで、今まさに「場所」を獲得しようとしている若い人たちは（日本人に受け入れられやすい）シングル・ストーリーやステレオタイプに頼らざるを得ないのかもしれないとも想像する。

だから私は本で「人にはそれぞれの歩き方があるはずで、私の『歩き方』は私のものでしかない。あなたにはあなたの『けものみち』があるはずだから」と伝わるものを書きたい。私たちのような存在が「ここに居ていい」と思うまでを、複雑なプロセスのまま描きたいのだ。

一方で、この国でのみずからの在り方については、もう一つ危機感を抱いている。

一度、反ヘイトスピーチの集会に招かれて、日本社会で外国にルーツを持ちながら育つ過程で、どんな言葉や態度に疎外感を抱いてきたかについて話したことがあった。聴きに来た方の大半が私のようなマイノリティを傷つけるマジョリティにひどく否定的なだけでなく、私の味方をすることで「自分はそういうマジョリティとは違う」と言いたげな態度であることが私はやや気になった。言ってしまえば、結論ありきの受け取られ方をされているだけに感じられた。そこで私が「日本はこんなにもひどい国だ」と訴えることで、傷つけられてきたかわいそうなマイノリティとして居場所を得るのはあまりに容易で、それゆえに危険を孕んでいた。それから、「自分は違うかたちでたたかいたい」と考えるようになった。

そんな「落とし穴」に敏感になったのは、デビューしてまもなく、新人作家として参加したある文学賞受賞パーティでの体験にある。

ふいにある男性が「あなたの作品が好きです」と話しかけてきた。はじめこそありがたく、その言葉を受けとめていたのだが、「これからはもっと日本の悪口を書いてね」と言われ、ぎょっとした。なんでそんなことを仰るのですかと尋ねると、「僕は日本が嫌いな日本人だから」と言う——

そのときに私は決意した。「日本人でありながら、日本の悪口さえ言っておけば自分の価値が信じられるような人が喜ぶ作品は、一切書かない」と。

この手の人は自分が気にいる作品を〈ガイジン〉の書き手たちに求めている。日本に虐げられてきた〈ガイジン〉に同情する自分は、さも良心的で立派な人間であるかのように。しかし私はこのような人物に味方面(づら)されることを最も警戒している。そしてこういう人物は男性であることが多い。

私は徐々に気づく。台湾人で女性という自分の属性は、特に日本人の男性から〝庇護の対象〟にされやすいのだろう。どうしてもどことなく不均衡な状態からコミュニケーションを始めなければいけない現実に何度もぶち当たり、そのたび、あえて会話をはぐらかしたり、相手の思うとおりには受けとらせない語り方を心がけ、そこに神経やエネルギーを大きく割いてきた。こうしたエネルギーを別のことに使えたらもっと創造的に生きられるのに、と思ったことが数え切れずある。マジョリティの側は、こんなことに神経やエネルギーを費やさずにいられるのだから、羨ましいな、とも。

このように私はマイノリティとしてカテゴライズされやすい立場だが、だからといって私自身も何らかの差別をしていないとは言い切れないと思っている。そもそも、マイノリティとかマジョリティという関係は、固定的なものではない。ある面では少数者でも、別の面では多数派であったりするものだ。マイノリティは常に差別「される」側であって、差別「する」側にはならない、という認識は誤りだ。「私は差別されてばかりで……」という意識を持つ側は、「私も差別しているかも」と想像すらしない傾向に陥りやすい。もちろん自戒を込めて。

誰しもが、躓き、間違う可能性がある。躓いた記憶が疼く限り、できる限り、自己点検を怠らずにいたいと思う。

これからも、文学だからこそ可能な、複雑で、繊細な表現をつきつめていきたい。

＊植松青児氏によるインタビューを改稿・再構成しました。

初出一覧

1.〈日本語〉は私のものでもある

台湾人ごっこ／「生活考察　vol.7」二〇一九年一一月　タバブックス
ひらがなの宛先／「暮しの手帖」二〇一八年一〇月‐一一月号　暮しの手帖社
母たちのお喋り／「母の友」二〇一八年七月号　福音館書店
パオパオを待ちながら／「母の友」二〇一八年八月号　福音館書店
全家福／「母の友」二〇一八年九月号　福音館書店
世界への入り口／「国語教室」二〇二〇年一〇月　大修館書店
「国語」を、疑え／「ニューサポート　高校国語　vol.37」二〇二二年春号　東京書籍
右記以外はすべて、「日本経済新聞」の「プロムナード」欄（二〇二一年七月七日～一二月二二日）に掲載されたものです。

2.〈縛り〉をほどく対話

私たちを縛る〝普通〟からの解放　後藤正文×温又柔／「THE FUTURE TIMES」二〇一八年九号　THE FUTURE TIMES 編集部
個人でいさせてほしい　田中宝紀×温又柔／「婦人公論」二〇二〇年一二月二二日号　中央公論新社
私の言語を探して　イギル・ボラ×温又柔／「note リトルモア」二〇二一年二月八日　リトルモア（https://note.com/littlemore/n/na271a5f163d2）

3. 読み、詠い、祈るものたち

私たちを隔てる線／「エトセトラ vol.5 特集 私たちは韓国ドラマで強くなれる」二〇二一年五月 エトセトラブックス
茉莉花の祈り／「PATU Fan×Zine vol.05」「あの日の物語を奏でる about タレンタイム〜優しい歌」二〇二一年八月 映画パンフは宇宙だ！（ＰＡＴＵ）
私と台湾ニューシネマ／「ユリイカ」二〇二一年八月号 青土社
ニホンゴデキン、も台湾人／「朝日新聞」二〇二一年七月三一日
「日本人」の条件／「アジアへのとびら」二〇二一年 アジアの本の会
台湾文学、乾杯！／「有鄰」二〇一九年九月一〇日 有隣堂出版部
大河の一滴として／「図書」（岩波新書創刊80年記念）二〇一八年一〇月 岩波書店
何語にもならない感覚の記憶を書く／『模範郷』（リービ英雄著 二〇一九年三月 集英社文庫）解説
私はよい外国人？／「プロムナード」日本経済新聞 二〇二一年八月二五日・九月一日掲載
「不自由さ」のなかで書くこと／「群像」二〇二三年一一月号 講談社
小説という可能性／『小説禁止令に賛同する』（いとうせいこう著 二〇二〇年一一月 集英社文庫）解説
わたしが、欲しかったのは……／「ユリイカ」二〇一九年十月号 青土社
もっと複雑な彩りを／「朝日新聞」二〇二〇年五月二日
ひとつの場所にふたつの世界がある／「朝日新聞」二〇二〇年一〇月一〇日
「大人の都合」を、うのみにしない／「朝日新聞」二〇二〇年七月一一日

「カズオ・イシグロ」とカタカナで書く言語の中に住みついて／「ユリイカ」二〇一七年一二月号　青土社

4.〈中心〉とはどこか

国と国の際で――「中国旅行ノート」貴州編／「すばる」二〇一八年八月号　集英社
やわらかな「棘」と、「正しさ」の震え／「対抗言論」二〇一九年一二月　法政大学出版局
ウイルスよりも憂鬱／「文藝」二〇二〇年夏季号　河出書房新社
個人史を解き、歴史を紡いで　小竹由美子×藤井光×温又柔／「すばる」二〇二〇年二月号　集英社
躓きの記憶／「週刊金曜日」二〇二〇年三月六日号　週刊金曜日

温又柔

1980年、台湾・台北市生まれ。両親ともに台湾人。幼少期に来日し、東京で成長する。2009年「好去好来歌」ですばる文学賞佳作、16年『台湾生まれ　日本語育ち』で日本エッセイスト・クラブ賞、20年『魯肉飯のさえずり』で織田作之助賞を受賞。著書に『来福の家』『真ん中の子どもたち』『空港時光』『永遠年軽』『祝宴』、エッセイ集『「国語」から旅立って』、小説家・木村友祐との往復書簡集『私とあなたのあいだ――いま、この国で生きるということ』などがある。

私(わたし)のものではない国(くに)で

2023年2月25日　初版発行

著　者　温(おん)　又(ゆう)　柔(じゅう)

発行者　安部順一

発行所　中央公論新社

〒100-8152　東京都千代田区大手町1-7-1
電話　販売 03-5299-1730　編集 03-5299-1740
URL https://www.chuko.co.jp/

DTP　嵐下英治
印　刷　大日本印刷
製　本　小泉製本

Published by CHUOKORON-SHINSHA, INC.
Printed in Japan　ISBN978-4-12-005631-4 C0095

定価はカバーに表示してあります。落丁本・乱丁本はお手数ですが小社販売部宛お送り下さい。送料小社負担にてお取り替えいたします。